KB091793

글 향기 바람 타고

대한문인협회 인천지회 동인문집 제2집

■ 발간사 ■

인천지회 동인지 제2집 〈글 향기 바람 타고〉 출간에 즈음하여

안녕하세요. 반갑습니다.
코로나 팬데믹으로 어려운 시기에 대한문인협회 인천지회 기라성처럼 훌륭하신 25인의 문우님들이 함께하여 동인지 제2집 〈글 향기 바람 타고〉를 발간하게 됨을 영광스럽게 생각합니다.

내외 어려운 상황에도 불구하고 창작 의욕, 소통 화합의 마음들이 함께하여 멋지고 아름다운 시향으로 일궈낸 장이기에 더욱 값지고 소중하리라 믿습니다.

앞으로도 더욱 발전하여 제3집은 물론 제4집, 제5집, 영원히 지속되기를 기원합니다.

끝으로 동인지 편집을 위하여 물심양면으로 수고하신 임원진 여러분 귀한 옥고로 함께하여 주신 인천지회 문우님들께 진심으로 감사드립니다.

“글 향기 바람 타고”처럼 아름다운 시향이 널리 퍼져 독자들에게 사랑받는 동인지가 되기를 바라오며 인천지회 임원진 여러분 문우님들께 머리 숙여 감사드립니다.

2022년 월 일
대한문인협회 인천지회장 유영서

QR코드 스마트폰으로 QR 코드를 스캔하면 시낭송을 감상할 수 있습니다

제목 : 눈물
시 : 고연주
시낭송 : 박영애

제목 : 도라지꽃 사연
시 : 김정화
시낭송 : 박영애

제목 : 그림내 아버지
시 : 김희영
시낭송 : 박영애

제목 : 흐르는 물처럼
시 : 민혜숙
시낭송 : 박영애

제목 : 보이고 안 보이고
시 : 박치준
시낭송 : 박영애

제목 : 장독대의 정
시 : 신동진
시낭송 : 박영애

제목 : 서랍을 열다
시 : 이명순
시낭송 : 최명자

제목 : 희망 바람
시 : 이상황
시낭송 : 최명자

제목 : 그리움
시 : 김연식
시낭송 : 최명자

제목 : 태초부터
시 : 김정화
시낭송 : 최명자

제목 : 여유
시 : 류향진
시낭송 : 최명자

제목 : 매화
시 : 박미옥
시낭송 : 최명자

제목 : 중년의 멋
시 : 신동진
시낭송 : 최명자

제목 : 이리 살고 싶습니다
시 : 유영서
시낭송 : 박영애

제목 : 생의 절정에서
시 : 이명순
시낭송 : 박영애

제목 : 자유
시 : 이상황
시낭송 : 박영애

제목 : 저물어가는
시 : 이상황
시낭송 : 최명자

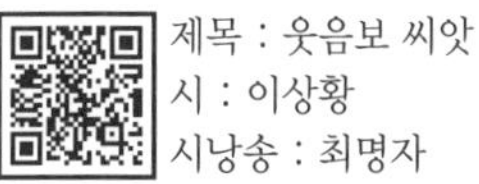
제목 : 웃음보 씨앗
시 : 이상황
시낭송 : 최명자

제목 : 유월은
시 : 이성구
시낭송 : 박영애

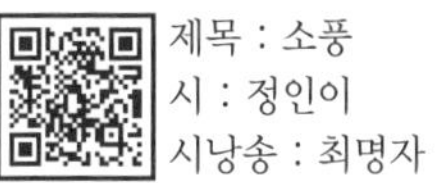
제목 : 소풍
시 : 정인이
시낭송 : 최명자

제목 : 붉은 메밀꽃
시 : 정형근
시낭송 : 최명자

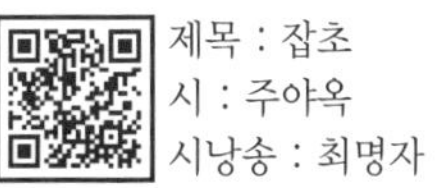
제목 : 잡초
시 : 주야옥
시낭송 : 최명자

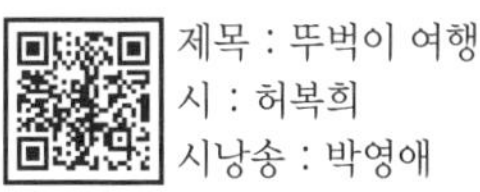
제목 : 뚜벅이 여행
시 : 허복희
시낭송 : 박영애

제목 : 사라진 슬픔
시 : 이상황
시낭송 : 박영애

제목 : 군자란
시 : 이성구
시낭송 : 최명자

제목 : 환송
시 : 임승훈
시낭송 : 박영애

제목 : 코스모스 향기
시 : 정형근
시낭송 : 박영애

제목 : 핑크빛 약속
시 : 정형근
시낭송 : 박영애

제목 : 파랑새의 날갯짓
시 : 주야옥
시낭송 : 최명자

제목 : 에미(향나무 사랑)
시 : 허복희
시낭송 : 박영애

시인은 자연을 이야기하고 시낭송가는 자연을 품었다
글자는 날개를 달아 언어로 날고 소리는 자연에 눕는다

시인 가혜자

눈길 외 4편

대한문학세계 시 부문 신인문학상 수상(2016년 10월, 등단)
(사)창작문학예술인협의회 회원
대한문인협회 인천지회 감사
〈수상〉
대한문인협회 한국문학향토문학상(2018)
대한문인협회 인천지회 향토문학상 경연대회 대상(2019)
〈공저〉 동인지 〈글꽃바람 제1집〉(2019)
대한창작문예대학 9기 졸업 작품집 〈가자 詩 심으러〉(2019)
조선어연구회 발족 100주년 기념 〈현대 시와 인물 사전〉(2021)

〈시작 노트〉
새처럼 자유롭게
꽃처럼 활짝

우레 같은 박수로
간절한 기도로

소소한 이야기
함께 할 수 있는
지금,

이름,
이름 부르며
축복합니다

시, 축복 중에서

눈길 / 가혜자

바라보면
길이 되는 사람이 있습니다.

마음이 오가는 길
꿈길입니다.

다정한 눈길은
동행하는 꽃길입니다.

따뜻한 눈길은
소풍 길
신바람 길입니다.

이름 / 가혜자

부르면
자태도 향기도
따라오고요

지면서
지면서도 지지 않고

영원히 피어있어요

나의 시원은 / 가혜자

날마다
눈빛 별빛 고요해지면

그대 창에 내리고파라
첫눈처럼

근원은
마르지 않는 샘물같이
백합화 향기
그윽이

해당화 울타리 넘어
뻐꾸기 종다리 노래 드높아

꽃구름 몽실
무지개로 떴음

참, 좋겠어요

길이길이 / 가혜자

서해랑 섬과 땅
하늘 바다

해랑 공원이랑
노을이랑

만국이 자유한
역사의 길 탐방 길

새롬 새롬
미래를 열어 갈 인천, 여기서
최초가 탄생되고
시작되는 곳

그대, 펜심으로
이름 석 자
남기고 가오

시작이다 / 가혜자

온 세상
깨우는 일이요

온 마음
보듬는 일이요

깊음과 넓음과 높음 가운데
사랑을 더하여

이념도 사상도
초월하라
이름, 이름으로

그 순결함으로
그 숭고함으로

시인 고연주

낚시 외 4편

대한문학세계 시 부문 신인문학상 수상(2017년 11월, 등단)
(사)창작문학예술인협의회 회원
대한문인협회 인천지회 기획차장
가온문학회 홍보부장
문학의 향기 부회장
시상문학 회원

〈수상〉
우리말 매일 사행 시 짓기 으뜸상 수상

〈저서〉 시집 〈사랑하니까〉, 〈아파도 좋아〉
〈공저〉 동인지 〈글꽃바람 제1집〉(2019)

낚시 / 고연주

고속도로에서 낚시를 한다

물때에 따라
입질을 기다린다

의심 없는 입질들
속력이 크기를 가늠한다

찰칵 찰칵
챔질한다
줄줄이 월척이다

밤새
헛챔질이 없는
목 좋은 낚시터.

* 챔질 : 낚시에서 물고기가 미끼를 건드려서 찌가 움직일 때 낚싯대를 낚아채는 일

그녀는 은유가 살아있다 / 고연주

알몸을 마주쳤다
아무런 의식도 없이
나는 그녀를
혹시 그녀도 나를 볼까

온탕에 앉아
그녀가 눈치채지 않게
빛의 속도로 낱낱이 해부한다
눈은 균형 감각이 있는
평론을 써 내려간다

겉으로 보이지 않는
은유의 그녀가 궁금하다
어떤 스토리이기에 저리
굴곡진가

그녀는 시선을 아랑곳 않고
마사지하듯 닦고 또 닦는다
옆구리로 희게 파도가 친다
긴 한숨이 나를 탕으로 밀어 넣는다

나의 시선은
경쾌한 표정을 주시한다
가로질러 가는
운율이 살아있는 몸매
머리부터 발뒤꿈치까지 훑고 있다

잃었던 지난날은
큰 거울에 옆모습을 비추며
긴장감 잃은 배를 매만진다.

조연의 법칙 / 고연주

어둠 없이 빛은 빛나지 않는다

영토를 넓히기 위해 밤 낮 구분이 없다
어둠에 메마르지 않도록

뿌리는
눈물로 된
또 다른 눈물이다

잔뼈를 늘리며
주저하지 않는 걸음에 등뼈가 휘어진다
햇살에 맞닥뜨리면
손과 발의 마디가 잘려 나갔다

남들이 뒤라고 말하는 길을
깊이 찾아든다
어둠은 더 깊어지고 손아귀가 아프도록
흙과 돌을 움켜쥔다

비밀의 몸짓은
빛을 잃은 지 오래
흑암에서도 자신보다 지상의 나무를 위해
절망을 딛는다

겉모습으로 진실을
다 말할 수 없지만 나무를 통하여
자신의 꿈을 전한다

뿌리의 죽음은 또 다른
죽음을 불러온다
살아남은 자의 아픔은 덜 핀 꽃이며
열매로 허공에 기록된다.

눈물 / 고연주

울음은 마음의 상처를
먹고 자란다

마음에 상류 어디쯤
머무르고 있었을까

당신의 눈빛이
내 눈빛에 담겨 반짝일 때에
가엾게 마음에 전이 된다

피와 살 뼈가 눈물이 되어
번개로 왔다가
천둥으로 적신다

이중성을 지닌 눈물은
운다고 슬픈 것만은 아니지만
따뜻한 마음을 지녔다

모서리가 없는 색을 지닌
눈물은 동정을 배신하지 않는다

날카롭지도 않는 것이
가슴을 파고들어 아픔도 희석시키고
얼었던 마음의 결박을 푼다

슬픔은 기쁨의 오래된 미래
눈물이 마르면 슬픔은
무엇으로 증명할까

제목 : 눈물
시낭송 : 박영애
스마트폰으로 QR 코드를 스캔하면
시낭송을 감상할 수 있습니다

저울 / 고연주

무게를 달 때마다
꿈과 현실의 숫자는 다르다고 깨닫는다

영의 초점을 고집할 때 겸손한 얼굴이 되지만
깊이보다 크기에 초점을 두면 감정의 높낮이에
나는 흔들린다

기대치 숫자와 현실의 다른 무게에
서로의 목소리는 커지고 아쉬움의 간극은 벌어진다
욕심은 무게 없는 구름의 무게도 손에서
놓지 않는다

무게의 소문은 공공연한 비밀

나와 당신의 희망의 무게는 다르고
기울기의 숫자가 필요할 뿐 과정은 온데 간데없다

지나간 오류의 무게는
기억 이전의 경계를 허물 때 제 무게를 갖고
비울 때 비로소 무념무상의 중심에서 오차를 벗어난다

오늘도 나는 수시로 초점이 흔들린다

시인 김경철

머릿속의 기억은 외 4편

대한문학세계 시부문 신인문학상 수상(2018년 02월, 등단)
(사)창작문학예술인협의회 회원
대한문인협회 인천지회 정회원

〈공저〉 동인지 〈글꽃바람 제1집〉(2019)

〈시작 노트〉
길다면 길고 짧다면 짧은
반백의 삶을 살면서
사랑으로 생긴 기쁨과
이별로 생긴 슬픔을
이야기하듯
텅 빈 종이 위에
한 글자 한 글자 옮기는
시인이 되겠습니다.

머릿속의 기억은 / 김경철

우연처럼 찾아온
만남에
콩닥콩닥 뛰던 가슴으로

필연처럼 나눈
대화에
지새웠던 많은 날

울리는 벨 소리에
기쁜 마음으로 들던
전화기 너머

안녕이란 말을 남기곤
끊은 전화에
눈물을 훔친다

흘러가는 시간에
마음이 변하고
모습도 변했지만

머릿속의 기억은
아직도
그날 그 밤 그대로인데

다시 만나는 날을 / 김경철

짧은 만남을 끝으로
시간이
다시 흐르고

길어지는 기다림에
안부를
서로 주고받는다

두어 달이 지나도
만남이
이루어지지 않지만

보고 싶은 마음에
만남을
다시 기다린다

흘러가는 시간을
탓해서
무얼 할까

다시 만나는 날을
웃으면서
기다릴 뿐인데

그냥 그곳에 그대로 / 김경철

처음엔 몰랐어
사랑이란 걸
시간이 흐른 뒤에야
사랑을 알았어

있어 달라고 하여
그대로 있었던
내 옆에
어느샌가 다가와 걷는다

시간이 흐르자
모든 것이 변하고
안녕이라는 말을 하고
떠나던 날
그냥 그곳에 그대로 있었는데

알 수 없는 사랑에
치유를 받은 마음이
알 수 없는 사랑에
다시 상처받는 마음

답을 모르는
사랑에
흐른 시간의 끝에는
무엇이 있을지 모르지만

그냥 그곳에 그대로 있는 내게
사랑이 온다면
같이 가요
남아있는 그 시간까지

이불 / 김경철

쉼 없이 달려온
오늘 하루

하늘을 보면서
걷는 길 위로

붉은빛이
세상을 감싸 안는다

기쁨도 있고
슬픔도 있었지만

내려앉은 어둠이
이제는 쉬라며

지친 몸을
포근하게 감싸 안은
이불이 된다

연안부두에 / 김경철

푸른 하늘에
떠 있는 뭉게구름
부는 바람에 춤을 추고

반갑게 맞아준 갈매기
넓은 바다를
자유로이 날아다닌다

한 몸이 되어
넘실거리는 바다 위에
떠 있는 통통배

슬픈 헤어짐을 위로하듯
구슬픈 기적 소리
연안부두에 울려 퍼진다

시인 김연식

그리움 외 4편

대한문학세계 시 부문 신인문학상 수상(2017년 3월, 등단)
(사)창작문학예술인협의회 회원
대한문인협회 인천지회 사무차장

〈수상〉
대한문인협회 한국문학 향토문학상(2018)
대한문인협회 인천지회 향토문학상 경연대회 은상(2019)
2018년 한국청소년 신문사 최우수상
도전 한국인 운동본부 문화예술 지도사 대상

〈공저〉 동인지 〈글꽃바람 제1집〉(2019)

그리움 / 김연식

만날 수 없는 사람을 그리워한다는 것은
뼛속까지 아리고 아픔입니다
원한 것은 아니지만
영혼까지 버리고 싶어지는 고통

떠나가는 사람은
행복을 찾아 떠나가지만
이 몸은 깊은 암흑 속으로 빠지는 듯
온통 세상이 싫어지고 암울하기만 합니다

끈적이는 그리움은 거미줄처럼
나의 모든 것을 옭아맵니다
거미줄 매달린 나비는 나입니다
거미는 당신을 그리워하는 내 마음입니다.

벗어나려 합니다
그대에게서
언젠가는 잊혀지겠지요
그대를 잊겠지요.

제목 : 그리움
시낭송 : 최명자
스마트폰으로 QR 코드를 스캔하면
시낭송을 감상할 수 있습니다

봄날 숲속에서는 / 김연식

봄날 임을 위해 모든 것을 벗으리라
임 오시는 길목에서
여리고 푸른 내 모습 보여 드리기 위해

그대 오시는 길목
목이 긴 기린처럼 그대 올까나 기다리며
긴 목을 휘저어 기다리렵니다

온몸 봄기운 달아올라
홀로 순수한 숨결이 되고 저
내 가슴 열어 그대를 기다립니다

임이랑 천지의 생명을 보하는
순결한 천사가 되겠다고
날개로 훨훨 날아 행복의 씨앗을

온 세상 푸르듯 따듯한 웃음
가득함 잉태하게 하고 싶습니다
보셔요~ 순결한 푸른 숲을요

함께할 수 없다는 것에 대하여 / 김연식

아침에 눈을 떠 하늘을 바라보고
푸른 숲길을 걸어봐도 슬픕니다
귓가 들려오는 새소리 바람 소리도
슬프게 들립니다
어디선가 애잔한 노랫소리가 들려 오면
두 눈엔 어느새 뜨거운 눈물에 젖습니다

향기롭고 아름다운 꽃을 보면
그대에게 보여주지 못함이 서글퍼지고
냇가에 흐르는 물을 보면
졸졸대며 흐르는 아름다움을
그대와 함께하지 못함에 가슴이 아려옵니다

슬픔에 젖어 흘린 눈물이
어느새 옷섶 앞을 흠뻑 적시였습니다
오늘 밤 달도
나와 함께 슬퍼하나 봅니다
눈물이 그렁그렁한 걸 보면 말입니다.

누구나 사는 게 비슷하겠지?! / 김연식

살기 위해 이별을 하고
살기 위해 하나씩 버려야 해
우리 모두 그렇지는 않겠지만
이별에 익숙한 인생이 되어가는 거야

사랑해서 아프고, 사랑해서 이별하고
가끔은 더 좋은 사랑이라
착각하며 이별을 하곤 해

사랑해서 아프다고
사랑해서 밉다고
이상한 말장난, 그것이
인간의 유연한 혓바닥의 논리야

집착하면 비참해진다
집착하면 안 되는 거야
소중한 것을 지키기 위해
모두 목숨을 걸지만 때로는 잊을 것 같으면 죽을듯해도 괜찮아

버릴 것은 오직 하나뿐이야
나 자신과 관련된 모든 것을 제자리에
돌려놓는 거지 그냥 사는 동안 웃고
살아있는 동안 안 아픈 척 않는 거야

어떻게 살아야 행복한 인생인지는
아직도 모르겠어
행복해 본 적이 없어
웃어 본 적이 없어서.

아버지는 그런 거야 / 김연식

아버지라서
항상 웃으며 다정할 수만 없다
사랑은 뒷주머니에 감춰야 한다
냉정하게 살아가야 하는
쓸쓸한 남자의 뒷모습
늙어 갈수록 점점 더 서글퍼진다

생명 흔적 없는 사막에 버려진
짐승처럼 헤매다 쓰러져도
누군가 바라봐줄 사람이 없는
존재가 되어 간다는 것

당연한 듯 숨이 멈춰질 때
흔들리는 동공에 비치는 인연들

왕관을 좇다가 쓰러져
갈가리 찢겨진 늑대의 사체처럼
남자는 그렇게 죽어갈 것이다
파리와 구더기만 바글거리는
썩어 가는 고깃덩어리

"남자" 사회라는 전쟁의 숲에서
피를 흘리며 싸워야 하는 이유가 있다
내가 선택한 인연과 가족이라는
성을 지키기 위해 전투를 해야 한다
반드시 승리해야만 하는 전투

시인 김정호

신분증 외 4편

대한문학세계 시 부문 신인문학상 수상(2017년 12월, 등단)
(사)창작문학예술인협의회 회원
대한문인협회 인천지회 정회원
서울사이버대학교 문예창작학과 재학 중

〈공저〉 동인지 〈글꽃바람 제1집〉(2019)
대한창작문예대학 9기 졸업 작품집 〈가자 詩 심으러〉(2019)

〈시작 노트〉
젊은 나이에 기술자가 되었다.
어머님의 병환으로 부산기계공업고등학교 국비 장학생 추천을 뒤로한 채 일찍 산업전선의 길을 선택 후 검정고시를 거쳐 세종대학(야간)에 공부하면서 배움의 끈을 놓지 않고 CEO가 되기까지 실패를 거듭하며 같은 직업을 50년 가까이 지내 오면서 역동적인 삶의 변화를 경험하고 "시"안 지난 과거의 경험에서 새로운 희망을 꿈꾸는, 즉, 추수한 벼포기에서 새로운 싹이 돋듯이 과거에 집착하지 않는 도전의 표현을 위해 지금도 서울 사이버대학교 문예창작과에서 공부하며 노력하고 있습니다.

신분증 / 김정호

당신이 한 잎 두 잎
장미의 얼굴에 돋아난
뾰루지라도
오늘 내가 본 당신은
참으로 아름답습니다.

내 주소는 김포시 고촌면이지만
난 오늘 당신한테 이사 온
이웃사촌으로 표현할 수밖에
없다는 것을 깨달았습니다.

당신과 꼭 같이
머물고 싶은 조그만 집
공용으로 사용하는 방도 있지만
내 신분증에는 당신이 없어요

사진하고 주민번호 이름
발급 연도 주소도 있는데
당신은 어디 가고
나 혼자 외롭게 캄캄한
지갑 속에만 놀고 있네요.

내가 없을 때 당신은
위임장이 필요하듯
당신이 없을 때
나는 신분증에 당신을 품고 싶습니다.

찢어진 깃발 / 김정호

휘어진 칼날 끌어안고
유유히 흐르는 동강
피라미의 파닥임의 꿈은
혼탁한 물속에 잠겨있다.

솔향기 나는 오후
찢어진 돛대의 배 한 척
내 마음처럼
힘겹게 동강을 누빈다.

낙화암 꽃잎 되어
시린 물속 고기밥 된
삼천궁녀의 마음도
열두 살 꽃의 마음이다.

찢어진 돛대는
내 맘 알까
펄럭이며 동강을 건너
한양으로 날고 싶다.

돌담 마을 / 김정호

엄마!
나 왔어요
가난의 돛단배 타고
세월의 강을 건너
나
고향으로 왔어요

아버지!
나 고향 왔어요
장터에 가신 지게 위엔
쌀 대신 검은 교복 한 벌
날 향해 걸어오던
고난의 시절에
환하게 웃으시던 아버지의 미소

송사리도 중태기도 떠난
마을 앞 도랑에는
돌아오지 않는 얼굴만
쉬지도 않고 흐르고 있네요

보고 싶어요
흐드러지게 피는 봄꽃처럼
많이도 보고 싶네요
부모님의 정이 서려 있는
내초리 내 고향

생각을 임신시키다 / 김정호

봄의 희망을 잉태한 벗은 나무
동장군이 두려워
오리털 점퍼를 입은 나
두 눈 마주치는 모습을
뭉게구름이 비웃고 있다.

벗는 나무, 입는 나
또, 하나의 나이테 늘어나듯
과정은 하나인데
알게 모르게
두 삶은 지나가나 보다.

뜨겁게 타오르던 욕망은
팔랑이던 이파리 사이 쉬고
태풍에 쓸려 가듯
봄, 여름, 가을, 청춘은
날 떠나 버리고 있다.

당연지사인 줄 알았던 일들이
어느덧 수의 입고 찾아올 줄이야
늙어가는 겨울은
넓고 넓은 여백 아래
칠하는 자 탈색하는 자
한 삶의 양면성인가 보다.

부도 / 김정호

한강
한강
한강이 김포가도 아래 누워
시퍼렇게 하늘을 노려보고 있다.

신은 가도 옆 공원
붉은 장미를 선사했고
조명 아래 졸고 있는 소주병
내 가슴을 방망이로 다듬질하고 있다.

열심히 희망을 수경 재배한 봄날은
　　붉은 단풍잎
　　붉은 노을처럼
인생 역에 오지 않는
시간을 초월한 흔적인가 보다.

꿈은 고무신 벗어 들고
급물살 속으로 뚜벅뚜벅 가버리고
난지도의 희미한 불빛만
수정체를 흔들고 있다.

1988년의 여름은 영글지 못한 꿈을 버리고
삶의 둔치에 씨앗을 파종하고 있다.

시인 김정화

뿌리 공원에서 외 4편

대한문학세계 시 부문 신인문학상 수상(2022년 1월, 등단)
(사)창작문학예술인협의회 회원
대한문인협회 인천지회 정회원

〈시작 노트〉
꽃이 꽃이어서
은밀히 피고 질 수 있고
바람은 바람이어서
조용조용 다녀갈 수도 있지만

화려할 수도 있고
흔적을 삼킬 수도
토해낼 수 있다고
말할 수 있어 좋겠네
〈아무것도 아니더라〉 중에서

이렇듯 각 시인님이 집필하신 작품이 많은 성원과 인천지회의 동인지 제2집 〈글 향기 바람 타고〉 출간을 진심으로 축하드리며 무궁한 발전 기원합니다.

뿌리 공원에서 / 김정화

숨소리 들리네
큰 하품 소리 숨결
곳곳에 스며드네

파릇파릇 잔디
펄럭펄럭 만국기
근엄함 속에 나부끼고

콸콸대는 물소리
심장 박동 소리처럼
행진곡 울려 퍼지듯

자연의 울림소리 맞춰
해맑은 아이 비눗방울 놀이
높이 높이 날아 꿈을 펼치네!

또 다른 내가 되어 / 김정화

군 더덕 볼품없는 모양새
덩그러니 놓여서는

막힌 정에 갈등하며
안주하려고만

흐르는 물에 넋 빠져 보내고는
어느새 나도 모르게 주섬주섬

이 모습에 놀라
구름과 함께 도망치려 발버둥 치네

가거라 가 제발
또 다른 내가 되어 다시 살아보게

찔레꽃 머리 / 김정화

보고파 산천초목 불러도
온데간데없고 눈물 흘려도
서러움 다 가실 길 없건만

코끝에 맴도는 이른 아카시아
짙은 향에 묻혀
애달픈 심정 알 길 없네
슬프고 슬픈데

하늘 바람과 비도
사연 알고 있는 듯
찔레꽃 머리
활짝 피라고 눈치만 보네

보고픈 사람 잊었던 기억
소식이라도 있으려나 막연함에
찔레꽃 머리 활짝 피었네!

도라지꽃 사연 / 김정화

가풀막 내달려서 산꼭대기 오르니
목청껏 난바다를 바라보며 부르던
사연들 구구절절 몸짓으로 보이고

지나간 뒤바람에 소식이나 묻어서
오기를 오매불망 애태워도 봤지만,
눈물에 하루하루 왜바람만 느끼네!

간절히 보고파서 시들시들 주름만,
한뉘에 간절함에 갈망하는 영원한
사랑에 꽃이 되어 노래하네. 슬프게…

제목 : 도라지꽃 사연
시낭송 : 박영애
스마트폰으로 QR 코드를 스캔하면
시낭송을 감상할 수 있습니다

태초부터 / 김정화

잔잔한 물결 속에 널 비춰 볼까?
비친 형상에
넌 언제나 그 자리

흐린 날 흐린 날에
보이지 않는 바다를 향해
사연 듣고 묵묵히 그대로

내색 없이 바람도 물결도
태초부터 있었건만
한결같이 그냥 그렇게

맑은 날 다시 찾아와도
그대로 있어 준다면
기약 없는 날
널 다시 보러 올게!

제목 : 태초부터
시낭송 : 최명자
스마트폰으로 QR 코드를 스캔하면
시낭송을 감상할 수 있습니다

시인 김희영

생존(바이러스와의 전쟁) 외 3편

대한문학세계 시, 수필 부문 신인문학상 수상(2014년 2월, 2016년 5월 등단)
(사)창작문학예술인협의회 이사
대한문인협회 서울, 인천지회 정회원
한국문인협회 회원

〈수상〉
순우리말 글짓기 대상
짧은 시 짓기 대상
대한문인협회 한국문학예술인 대상
명인명시 특선시인선 6회 선정

〈저서〉 시집 〈시간 속에 갇힌 여백〉 출간
〈공저〉 동인지 〈아름다운 들꽃〉, 〈글꽃바람 제1집〉 외 다수

생존(바이러스와의 전쟁) / 김희영

옷장 안 양복 소매 끝에
닳아 해어진 틈새로
무엇인가 내 안에서
툭
끊어진 소리

갇혀있는 퇴색한 빛깔들이
밤하늘에 우울함을 꽉 채울 만큼
숫자는 불어나 계단을 오르고
묶인 육신에 매달려
옴짝달싹하지 못하는 사유의 끈

보이지 않는 공포에
오늘마저 입을 가리고
어제의 수다스러운 일상이
추억의 바다에서
허우적거리며 희망을 꿈꾸지만
내 안으로 되돌아오는
무거운 입김에
내일도 무력해지는 멍멍함

푸른 신호등은 새롭게 출발하고
얽매이지 않는 오늘의 빛깔들이
옷장을 벗어나 마음껏 날 수 있는
자유를 위해
오늘도 일상의 옷장에
자물쇠를 채운다.

푸른 신호등(나의 스승님) / 김희영

꽃을 피워야 할 언어가
길을 잃었다.

즐비하게 뿌려놓은 언어의 씨앗은
새하얀 대지에서 길을 잃고
상념의 공간에서
싹도 틔우지 못한 채
빛을 기다리며 시들어 간다

언어의 속살을 추려
토양의 살결에 부드럽게
감싸는 손길 하나
빛을 부르는 주문처럼
언어에 생기를 불어넣고
푸른 신호등 내 가슴에
달아주는 그의 이름은 스승

푸른 빛줄기에
언어는 제각기 다른 모습으로
줄을 이루고
가느다란 진통으로 태어난
고운 이슬 한 방울
망울진 꽃잎에 내려앉아
꽃향기 머금는다.

오늘도
신호등 빛은 깜박이고
여린 손길 하나
방황하는 언어들의 이야기를 들으며
다독이고 추려내며
꽃망울에 향기 불어넣는다.

신호등은 맑고 밝은 빛으로
푸른 미소가 되고
놓지 못하는 따뜻한 손
노년의 느린 심장에
화사한 꽃 한 송이 붉은 사랑으로 핀다.

희망, 해를 바라보며 / 김희영

노을이 붉게 물들며
잔인하도록 아름다운 것은
어둠이 지나 새로운 날
밝게 빛나기 위함이다.

겨울이 하얗게 퇴색하며
혹독하리만큼 시린 것은
더 화려하고 더욱 향기로운
꽃을 피우기 위함이다.

좁고 어두운 길을 걸을 때
언제나 버팀목이 되어주는 별이
어두울수록 더 빛이 나는 것은
힘겨울수록 희망이
가까이 있기 때문이다.

춥고 어두운 긴 터널도 끝이 있고
아무리 혹독한 추위에도 피는 꽃이 있듯
숨 쉬는 것조차 고통스러운 오늘도
내일이라는 희망은 존재한다.
어둠을 뚫고 바다에서 솟아나는
붉은 해처럼.

그림내 아버지 / 김희영

제목 : 그림내 아버지
시낭송 : 박영애
스마트폰으로 QR 코드를 스캔하면
시낭송을 감상할 수 있습니다

삶의 무게에
젊음은 굽은 허리로 빠져나가고
등골까지 파고든 아비의 무게는
사냥터에서 짓밟히고
하얀 윤슬처럼 머리카락으로 반짝거렸다

켜켜이 쌓인 고단함마저
애오라지 술 한 뚝배기에 담아두고
한 뉘를 아버지로 살아야 하는 사내의 삶은
가살날 나뭇잎처럼
샛바람에 날리어도
밝은 웃음을 가진 그린비였고
겨울날의 다온 햇살이었다

에움길 돌아갈까
가온길 잊을까
곰비임비 한
아이들 걱정하는 마음으로
너렁청하고 다복다복한 곳으로
이끌어 주셨다

삶의 고단함을 느낄 때마다
다사샤 품속으로 파고들고픈
아직
가슴에 살아계시는
그림내 아버지는
겨울날의 한 줄기 빛이었다.

* 그림내 – 내가 그리워하는 사람 * 윤슬 – 햇빛이나 달빛이 비치어 반짝이는 잔물결
* 애오라지– 겨우, 오직 * 한 뉘 – 한평생 *가살날 – 가을날 (출처 : 월명사 제망매가)
* 샛바람 – 동풍 * 다온 – 따사롭고 은은한 * 에움길 – 굽은길 * 가온길 – 정직하고, 바른 정 가운데
* 곰비임비 – 물건이 거듭 쌓이거나 일이 계속 일어남 * 다사샤 – 자애로운(출처: 충담사 안민가)

시인 류향진

뒷모습 외 4편

대한문학세계 시 부문 신인문학상 수상(2016년 12월, 등단)
(사)창작문학예술인협의회 회원
대한문인협회 인천지회 정회원
문학어울림 회원

〈공저〉 동인지 〈글꽃바람 제1집〉(2019)
대한문인협회 동인 가곡집 〈명시 가곡으로 만나다〉(2022)
동인시집 텃밭 9호, 10호, 11호, 12호 공저
동인시집 어울림 2 공저

뒷모습 / 류향진

누군가
앞에 가는 사람을 따라서
끝이 보이지 않는 길을 걷고 싶은 날
거리엔
아무도 보이지 않고
갈 곳 잃은 마음만 이리저리 뒹굴고 있다.

어쩌면
아무도 없기를 바라면서도
끝없이 두리번거리는
나와 닮은 사람이
가을 나무 뒤 어딘가에 있을지도 모른다.

모두
자기 앞의 생이라지만
익숙한 무엇인가
사방에서 나를 비추고 있음이
언뜻언뜻 느껴지고

등으로
가을바람을 맞으며 가는 이의
휘청거리는 뒷모습이
오래된 기억을 깨고 나온다.

오늘은
그 뒷모습을 따라 걷고 싶은데
거리엔
가을과 나 둘만 손잡고 있다.

여유 / 류향진

나의 한계는 어디인가
모른 채 그 선을 넘어가고 싶다.

흩어지는 가을바람에
단풍 고운 공원이 흔들린다.
영영 잠들지 않을 듯
흔들리는 계절도
때가 되면 떠날 것이니
오늘은 낙엽의 향기에 푹 취하여
흔들려 보자.

어디인지도 모르고 헤매다 보니
나의 한계가 어디에 있는지 잊었다.

바람이
모두 잊으라고 한다.
가을은 보이지 않고
낙엽만 발끝에서 흔들거리니
오늘은 그 서러운 향기에 푹 잠기어
흔들려 보자.

제목 : 여유
시낭송 : 최명자
스마트폰으로 QR 코드를 스캔하면
시낭송을 감상할 수 있습니다

입김 / 류향진

추워질수록
더 뜨거워지는 가슴으로
겨울을 녹일지도 모른다는
소망을 가슴에 품고

가도 가도 앞이 보이지 않는
길을 찾아
이리저리 뛰었지만

어제처럼 오늘도
소리 없이 웃음 지으며

목적지가 어디인지
알 수 없는
그 길 위에
가슴 가득 차올라 넘치는
입김을 불고 있다.

봄 / 류향진

긴 겨울이 갔다.
세월이 겨울 따라간 자리에
봄꽃이 피었다.

지난겨울
춥지 않은 날씨였지만
내게는
무척 추운 겨울이었다

겨울 한창일 때
봄은
기억조차도 희미했는데
어느 날
꽃이 피기 시작했다

시간이 약이었을까
돌이켜 생각해 보면
겨울이 길었던 이유
쉬어가라는 뜻이었다

목련이 미소 짓고
개나리 울타리 점점 넓어지는 날
나는
벚꽃이 되어 흩날리고 있다

꽃잎들 / 류향진

깊은 아쉬움 남겨두고
푸른 하늘 너머
햇살 고운 어느 언덕으로 날아간
사랑스러운 꽃잎들

두 손 마주 잡고
찬바람에 흔들리고 있을 땐
날아갈 수 있을지조차
알 수 없던 꽃잎들

먼 곳
메마른 땅 어딘가에
애써
꽃씨를 뿌리고

이슬 맺히도록
맑고 깊은 향기로 피어나는
아름다운 꽃잎들

시인 민혜숙

맑은 날 외 4편

대한문학세계 시 부문 신인문학상 수상(2020년 12월, 등단)
(사)창작문학예술인협의회 회원
대한문인협회 인천지회 정회원

〈시작 노트〉
현재 청소년과 그 부모들을 상담하는 전문상담사로 일하고 있다.
농촌에서 태어나 자연 속에서 자라며 문인의 꿈을 키웠는데
최근에야 졸필이나마 글을 쓸 수 있게 되어 감사하다.
은퇴 후에 시골에 작은 집을 마련하여
정원을 가꾸고 글을 쓰며 사는 행복한 나를 상상 하곤 한다.

이번 동인지 출판에 참여하며 달필이 못 되어 부끄러운 마음이다.
일상에서 느끼는 마음을 글로 쓰며 기쁜 마음이었다.
소박한 일상에서 기쁨을 느낄 수 있다면 그것이 행복이 아닐까!

맑은 날 / 민혜숙

하늘이 맑은 날은
마음도 맑아진다

하얀 뭉게구름
덩달아 기분 내며

파아란 하늘에
그림 솜씨 뽐내고

높은 종탑 십자가
환하게 웃는 모습

하늘이 맑은 날은
말도 얼굴도 예뻐진다.

흐르는 물처럼 / 민혜숙

깊어가는 가을
그 분에 대한
우정과 사랑도 깊어가고
은혜도 깊어가네

열매를 바라며
행하던 많은 일들
그러나
이런들 저런들 아무려면 어때
다 괜찮아

한평생 살면서 손해 보는 삶이
행복이란 걸 알았으니까
그러니까
안타까워하지도 말고
슬퍼하지도 말고
마음 아파하지도 말아야지

흐르는 물처럼
그렇게 그렇게 살다보면
드넓은 바다에
언젠가는 다다르겠지.

제목 : 흐르는 물처럼
시낭송 : 박영애
스마트폰으로 QR 코드를 스캔하면
시낭송을 감상할 수 있습니다

그리움 / 민혜숙

은행나무 참새들
즐거운 노래
밤새 여행한 바람 이야기

초여름 맑은 하늘
내 맘속에 내려와
여름 아침을 이루고

녹음은 종이가 되어
그대 그리운 마음이
시를 쓴다.

꿈 / 민혜숙

맑은 하늘에
하얀 구름장이 몰려와
예쁜 수를 놓았네

한 폭 끊어
고운 옷 만들어 입고
사랑하는 그대와
나들이 하고파라.

어머니들을 위한 기도 / 민혜숙

우리에게 잠시 맡긴 자녀들을
소유물로 생각하여
욕심을 부리지 않게 하시고

당신이 허락하신
따스한 마음과 손과 발
인내와 사랑으로 부지런히 돌보게 하소서

행여 우리 마음에 흡족하지 않더라도
인격을 무시하거나
마음에 상처를 주는 일 없게 하시고

사람들이 비난과 채찍을 가할지라도
어미만은 영원히 자녀의 편이 되어
믿음으로 기도하게 하소서

두렵고 불안한 마음을 토로할 때
따스한 품으로 안아주고 용기를 주는
든든한 버팀목이 되게 하시고

괜시리 투정도 하고 기대기도 하고
억울해서 울기도 할 때 받아줄 수 있는
넉넉한 어미가 되게 하소서

항상 기뻐하고 기도하고 감사하며
배우고 확신하는 일에 거하여
지성과 감성과 영성을 고루 갖추게 하시고

비록 그러하지 못하다 할지라도
우리 어미들을 불쌍히 여기사
자녀 사랑하는 이 마음만은 받아주소서

시인 박미옥

어부바 외 4편

대한문학세계 시 부문 신인문학상 수상(2022년 2월, 등단)
(사)창작문학예술인협의회 회원
대한문인협회 인천지회 정회원

〈수상〉
대한문인협회 짧은 시 짓기 전국 공모전 장려상(2022)

〈시작 노트〉
인천지회 동인지 제2집 〈글 향기 바람 타고〉 출간을 축하드립니다.
함께 할 수 있어서 행복합니다.
늦은 나이에 시인으로서 삶이 날마다 새로움을 느낍니다.
모든 것이 친구가 되어 다가오니 맘에 부자가 되어 새로운 삶을 누리고 있습니다.

어부바 / 박미옥

어느 봄날
코끝에 부는 사람이 설렌다

둘이 길을 걷다 기운 없다는 투정에
성큼 등을 내밀어준다

철없이 덥석 업히어보니
버석거리는 등짝에
가슴이 여미어온다

봄바람 타고
앙상한 가지만 남기고 가버린 흔적들
마음이 서러워 스멀스멀 서러움이 기어오른다

매화 / 박미옥

그대 향하는
그리움을 아시는지
바람이 줄곧 흔들어 댄다

그대 보고 싶다는 말
차마 전하지 못해
산너머로 부는 바람에
살며시 실어 놓는다

초경의 선분홍
젖꼭지처럼

설렘의 부풀어가는
그대 향하는 마음
가만 가만히 피워본다

제목 : 매화
시낭송 : 최명자
스마트폰으로 QR 코드를 스캔하면
시낭송을 감상할 수 있습니다

동박새의 봄 / 박미옥

매화 나뭇가지에
동박새 한 마리
앉아있다

봄바람과 종알종알
귓속말로 속삭인다

무슨 이야기인가
궁금해서 물어보니

매화 꽃잎 한 아름
물고 포르륵 날아갔다

시험 보는 날 / 박미옥

뛰는 가슴을 가만히
누른 채

눈도장을 스윽
찍어본다

본 듯 스친 듯
어렴풋이

안면은 있으나
오다가다 스친 인연뿐

가자미 눈을 빌려 보지만
눈총만 받을 뿐
빈손이고

갈 길 먼 연필은
재촉하는데
밤새 만난 인연들은
어디로 사라졌는지
둘러봐도 낯선 얼굴뿐

인연 아닌 것에
연연하지 않고
미련 없이
떠나보내련다
다음을 기약하면서

애벌레의 몸부림 / 박미옥

전신 뼈 검사하는 날
커다란 주사 바늘은
인정사정없이
손등에 자기 볼일만 보고 간다

깊지 못한 가슴은
죄인처럼 쭈그러지고

야속한 맘도
아픔도 잊은 채
이번에도 무사히를
주문처럼 중얼거린다

한방의 주사약이
샅샅이 내 전신을 훑고
돌아다니도록
연신 물을 마신다

네 시간이 흐른 후
커다란 통속으로
서서히 빨려 들어간다

콩깍지 속 애벌레처럼
웅크리고 있는 나는
인간으로서 제일 작아지는 순간이다

귀가에 쇠파리 떼처럼
윙윙 기계 울음소리가 요란하다

살아간다는 초라함의
배경 음악처럼
윙윙 윙윙

시인 박치준

시간의 껍질 외 4편

대한문학세계 시부문 신인문학상 수상(2019년 8월, 등단)
(사)창작문학예술인협의회 회원
대한문인협회 인천지회 홍보국장
경희사이버대학교 상담심리학과, 미디어문예창작학과 졸업
경희사이버대학교 KHCU학생기자 역임, KHCU 우수 학생기자상 수상(부총장)
경희사이버대학교 총장 감사패
독서논술지도사 자격 취득
〈수상〉
2022 대한문인협회 짧은 시 짓기 전국공모전 은상, 신춘문학상 전국공모전 장려상
대한문학세계 2022년 8월 2주 금주의 詩 선정(2022)
문학시선작가회 윤동주탄생 106주년기념 윤동주 문학상 작품상 수상(2022)
카톨릭방송.신문 신앙체험수기 전국 공모전 우수상 수상(2022)
인천서구문화재단 검경 사계의 시 공모전 3등 수상(2021)
마운틴TV 〈시공간 시즌2〉 명예작(BEST OF BEST) 수상(2021)
마운틴TV 〈시공간 시즌2〉 전국 공모 시 선정 및 방영, BEST 12작품 선정(2021)
〈공저〉 경희사이버문학(2018), 경희사이버문학(2021)

〈시작 노트〉
어느 날 내 옆에 소중한 아내가 별이 되었다. 그리고, 하늘과 비와 바람과 별은 모두 나의 친한 친구가 되었다. 숨을 쉬고 싶었다. 아내와 소통하고자 쓰기 시작한 시는 나에겐 공기가 되었고, 심장을 도려내는 아픔이기도 했으며 모든 에너지가 소진되는 느낌과 희열이 동시에 발생하기도 했다.
어떤 때에는 감정이 폭발해 가슴의 심장이 찢어지는 듯한 고통과 전신에 전율이 흐르는 느낌도 종종 느낄 때도 있다.
매일 마주하는 우리의 삶의 시간은 사막과 같다. 그 마주하는 사막의 어느 시간과 자리의 경계에서 이겨내고 넘어서야 하는 이유는 무엇일까? 아마 그 이유는 지금 우리가 살아가는 삶 존재의 의미가 될 수 있기 때문일 것이다.

시간의 껍질 / 박치준

오늘 시간을 잡아당기기 위해
더 강해져야겠다고 생각했다
지면 안 돼, 이겨야 한다
젖 먹던 힘까지 써본다

시간이 흘러갈수록
머리에 점점 채워지는 생각
매일 다른 생각에
보이지 않는 길에도 재촉하는 마음

빙글빙글 회전목마에 걸쳐진
오늘처럼 나를 보고 웃는다

언젠가 공터와 산에 올라
부르던 당신 이름
돌아오는 소리는
부르는 소리 크기만큼 심장을 울린다

시간의 안쪽은 오늘을 보내고
내일의 문을 열어 놓는다

두려워하지 말라며 손을 내민다.

사막이 눈을 뜨면 / 박치준

사막의 눈꺼풀을 잡아당겼다.

늘어져 있던 허리에 아픔으로 가득 차오르고
숙였던 고개를 들어 분노를 토해내고 있다

어느덧 사막은 전신을 사로잡으며
심장을 떨게 하였고 낙타들은
붉은 비와 모래밭에 뒤엉키고 삼켜버린다

빛을 잃어버린 밤은 공포의 숨으로
몰아넣고
웃음을 채워 넣으며
으스대는 것을 보았다

덤불 속에서 숨죽이는 새벽
지옥의 계단을
인도하는 것을 지켜만
볼 수밖에 없었다

바람 한 점 없는 사막
눈 깜박할 사이
눈앞에 빛이 다가온다.

봄이 가고 여름을 당겨도 / 박치준

그대 떠난 후 새 달력마다
기제 일에 동그라미를 그린 지 4년
별이 빛나는 밤마다 창문을 열어 놓고
그대 좋아하는 음악 틀고 사진을 펼쳐놓는다
오늘도 무작정 기다리며 하늘길을 바라보면
바람이 꽃향기를 들고
비워 놓은 가슴에 문을 열고 쌓아놓는다

그대 못 본 지 어언 4년이 지나고
그대 목소리 듣고 싶어
휴대폰을 손에 들고 전화를 기다린다
잠시 잠이 들어 전화를 못 받을까
휴대폰 배터리가 부족하여 전원이 꺼질까
손과 발이 전전긍긍해도
그제도 어제도 오늘도 전화는 움직이지 않는다

봄도 가고 여름을 당겨도
마음에 쌓이고 있는 슬픔은
아랑곳하지 않는 휴대폰만 쳐다본다.

낙엽 / 박치준

바람이 걸어간 자리
혼자 남아있는 너의 이름

봄은 햇살에 기대어 거리를 거닌다
나뭇가지에서 겨우내 버티다
참새의 체중에 못 이겨

툭

날개를 흔들리며
바닥에 몸을 두드린다

이름 하나가 생겼다.

보이고 안 보이고 / 박치준

나뭇가지에 걸터앉은 나뭇잎
아침이슬에 중력을 이기지 못하고 파르르 떨고 있다

한동안 숨죽이며 지켜보던 까치
걸음걸이마다 소리 없는 걸음으로 내디딘다

다행이야
참, 다행이지
그래그래

순간
하늘에는 검은 구름이 다가오고
멀리서 빗방울 소리가 요란하게 더해진다

땅 위에는 포장하는 빗줄기
떨어진 나뭇잎 이리저리 끌려다닌다

풀잎들은 반가움에 목마른 입을 열고
개미들은 때아닌 홍수로 비상사태로 뒹굴고

이름 모를 크고 작은 돌멩이들
모처럼 세수와 화장으로 뽐을 낸다

끝을 모르는 빗물은
길 따라 길 따라
새길도 만들며 하염없이 흐른다.

제목 : 보이고 안 보이고
시낭송 : 박영애
스마트폰으로 QR 코드를 스캔하면
시낭송을 감상할 수 있습니다

시인 신동진

중년의 멋 외 4편

대한문학세계 시 부문 신인문학상 수상(2018년 3월, 등단)
(사)창작문학예술인협의회 회원
대한문인협회 인천지회 총무국장

〈공저〉 동인지 〈글꽃바람 제1집〉(2019)

〈시작 노트〉
누구나 이곳에 서면
자연 속 바람이 되고 낙엽이 된다
신은 이곳에 수려한 색채를 뿌리고
피조물에 시인의 옷을 입힌다.
〈가을 중에서〉

세상만사 바람 잘 일 없다
요즘은 삶의 일지를 연필로 써야 한다
인생은 완벽할 수 없어 퇴고하며 살아야 한다

시인들은 서로의 악기를 두고 합연해야 한다 그래야
세상이 맑다.

중년의 멋 / 신동진

그대와의 커피 공간에는
삶의 소재들로 향기롭다

한낮에 피고 지는 초화화의 불꽃 튀는
감정으로 살수도 있지만

푸름이 밀어 올린 중년의 멋
반영이 빚어낸 기도하는 손
서로의 화선지로 기원을 뜬다

아직도 밟지 않은 길
노을을 걸으며
서로가 선물이 되기로 약속한다.

* 초화화 : 6월~ 10까지 피고 지는 꽃으로 오후 3~5까지 핀다.
다른 이름으로는 불꽃 채송화이다

제목 : 중년의 멋
시낭송 : 최명자
스마트폰으로 QR 코드를 스캔하면
시낭송을 감상할 수 있습니다

장독대의 정 / 신동진

소싯적에 보았던 장독대가 있었지요
키 재기로 좋은 독들
개울에 멱 감고 젖은 옷 말리던 독들

어머니의 정이 느껴지는 장독이 있었지요
봄에는 그의 손길이 닿아 장이 담가지고
고추장 숨을 토하는 냄새에 마음이 가는 대로
양재기에 보리밥 벌겋게 비벼본 입안의 행복

아주머니들의 품앗이 손길이 닿아 담가진 김장
마음에서 들리는 숨죽는 김치 냄새에
그릇에 수북한 밥
엄지와 검지에 낀 총각김치 바스러지는 행복

김치냉장고를 바라보는 중년의 마음에는
장독대는 어머니의 터
살찌우고 피를 만든 장독은 어머니의 보고였다

제목 : 장독대의 정
시낭송 : 박영애
스마트폰으로 QR 코드를 스캔하면
시낭송을 감상할 수 있습니다

여름 중에 가을로 연모하다 / 신동진

더위는 분내를 풍기며 내게 포옹한다
벼는 꽃술을 떨구며 긴 고개를 내밀고
푸른 잎사귀는 혀를 찬다

여름은 내가 정인을 연모하기로 밤새워 깨웠고
사람들은 죄 없는 에어컨을 울렸다

시련은 몽환 중에도
정인의 향기를 맡는다
건초 냄새가 그립다

헤어짐도 그리움의 하나
이별 앞의 여름은 가엽다
그대의 품 안에 나의 상념을 묻는다

지내온 계절을 시어로 역어
정인의 어귀에서 새 옷을 입는다.

거울 / 신동진

내게도 푸른 시절이 있었지요
결혼하여 겁날 것 없던 인생
귀한 선물도 얻었지요

젊음과 바꾼 꿈나무들과
매서운 시절을 지내고 보니
둘 닮은 청년들이 서 있었지요

새로운 젊은이들의 세대
첨단을 걷는 이들에게서
부모의 전설은 의미가 없지요

축복으로 털어낸 공간에는
가을 속 억새 풍경이고
단둘이 고마운 동반자

상념에 박혀있는 짐들을 내려놓고
살면서 놓친 그의 공간을 무엇으로 채우려나

아쉬움 / 신동진

결혼한 자식이 손에 무언가를 쥐여줍니다
어딘지 익숙한 경험이고
정성이라 하였지만, 마음이 편치는 않습니다
"차라리 저축이나 하지" 하는 진심의 말

어머니도 그랬지요
손에 쥐여준 정성이 최고인 줄 알았는데
"살기도 힘들 텐데" 라고요
부모가 되고 보니 뒤늦게 철이 듭니다

그리운 어머니
초라한 살림에 홀로 속울음은
철부지 아이는 가사에 일부가 되었고
어른이 되었지요

곱던 얼굴에 주름을 덮고
일곱 송이 곱게 키운 강한 어머니
생전의 부족함이 뒤늦은 후회로
당신께 하루하루 다가갑니다.

시인 오승한

인연 외 4편

대한문학세계 시 부문 신인문학상 수상(2016년 10월, 등단)
(사)창작문학예술인협의회 회원
대한문인협회 인천지회 정회원
2018년~2021년, 대한문인협회 인천지회 지회장 역임

〈공저〉 동인지 〈글꽃바람 제1집〉(2019)

〈시작 노트〉
어제가 오늘이었듯
오늘은 곧 어제가 된다
오늘 머무는 의미에 대하여
헝클어진 낙서를 찢고
멈춘 음악을 틀어
살아있는 심장을 올려놓는다.

인연 / 오승한

옷깃 스치면 인연이라
애써 의미로 새겨놓고
기다림을 시작합니다

언제가 끝이 될지 모를
길고 긴 기다림이 되겠지요

그대 미소 지으면
나를 향한 마음인 양 가슴 떨고

마음 아파 슬퍼할 땐
내 잘못일까? 가슴 찢겠지요

가까울 듯 가까운 듯 먼 당신을
인연이란 굴레로 엮어 갑니다

가을 애상(愛想) / 오승한

가을은
잊으라 하는데
잊을 수 있는 게
한 개도 없습니다

야리야리 가냘픈 꽃잎도
저리도록 붉은 잎새도
찬 서리에 떨어지는 낙엽도
잊을 수가 없습니다

겨울을 준비하는
다람쥐의 바쁜 걸음도
눈물이 왈칵 쏟아질 듯 파란 하늘도
바람에 밀려가는 구름까지
잊을 수 없습니다

가을은 잊으라 하는데
하나 둘 하얗게 물드는
머리카락 한 올 한 올에도 결결이 눈물처럼 절여집니다

가을은 잊으라 하는데
우수수 낙엽 떨구던
요란한 바람 소리,
밤새워 님 찾는 귀뚜라미 울음소리마저
잊을 수가 없습니다

잊으라 잊으라 하는데
단풍이 물들기 전
코스모스 꽃길 따라
그렁그렁 눈물로 걸어간
그 발자국도 잊을 수 없습니다

수문 / 오승한

호수에 갇힌 잔잔한 물결
뭉게구름을 담았다
찰랑이며 차오른 그리움이
수문을 열었네

한가로운 행복을 즐기던
에메랄드빛 사연은
산산이 부서져
하얀 포말로 사라져간다

텅 비어버린 호수는
바닥을 보이고
쩍쩍 갈라진 바닥엔
물고기 시체들이 나뒹구네.

부서진 마음처럼
알알이 떨어지는 빗물을
이젠 다시 가두지 않으리라

뜬구름이 열어놓은 수문 앞에
헤엄치며 즐겁던
물고기의 무덤을 만든다

그림자 연정 / 오승한

스치는 눈빛에 애가 타고
사랑이 잠겨있는 두 물목엔
핑크빛 노을이 뜬다

피하듯 부딪히는 미소와
침묵하는 입술, 숨은 정열은
부서진 햇살에 반짝인다

탐욕의 검은 바람,
어슬렁어슬렁 주변을 맴돌다
가녀린 어깨 위에
정이라 걸치고 있다

헝클어진 머리카락
노을 바람에 흩날리네

식어버린 햇살은
물결 속으로 가라앉고
꼭 다문 입술은
여울처럼 반짝반짝 파동 친다.

가슴에 모닥불 / 오승한

모닥불을 피우겠습니다
말라비틀어진 삭정이를 모아
모닥불을 피우겠습니다

오돌오돌 떨고 있는
당신을 위해
흩어져 뒹구는 삭정이를 모아
모닥불을 피우겠습니다

파랗게 얼어 버린 하얀 볼
고드름처럼 얼어 곱은 가냘픈 손가락을
불꽃을 태워 녹여주고 싶습니다

파랗게 얼어붙은 당신을 위해
가슴에 삭정이를 쌓고
모닥불을 피워
뜨거운 입술 돌려놓겠습니다.

시인 유영서

돌탑 외 4편

충북 진천 출생, 인천 거주
대한문학세계 시 부문 신인문학상 수상(2018년 5월, 등단)
(사)창작문학예술인협의회 회원, 대한문인협회 인천지회 지회장
인천시 남동문학회 회원
〈수상〉
대한문인협회 인천지회 향토문학상 경연대회 은상, 한국문학 향토문학상(2019)
대한문인협회 짧은 시 짓기 전국공모전 동상(2020), 대상(2021)
대한문인협회 한국문학 예술인 금상(2021), 신춘문학상 공모전 금상(2022)
대한문인협회 9월 1주 금주의 시 선정(2018), 12월 4주 금주의 시 선정(2019)
대한문인협회 2월 1주 좋은 시, 5월 3주 좋은 시 선정(2019)
대한문인협회 7월 이달의 시인 선정(2021), 5월 이달의 시인 선정(2022)
〈저서〉 제1시집 〈탐하다 시를〉, 제2시집 〈지우는 마음도 푸른 물든다〉
제3시집 〈구름 정류장〉
〈공저〉 동인지 〈글꽃바람 제1집〉(2019), 유화로 보는 명인명시선
현대시와 인물 사전(2021), 명인명시 특선시인선(2022)
박영애 시낭송 모음 8집 시 마음으로 읽다, 박영애 시낭송 모음 9집 명시 언어로 남다
인천 남동문학회 동인지 외 다수

〈시작 노트〉
설핏
지는 해를 바라보다
노을빛 곱길래
시라는
낱말 하나 풀어쓰려
나그네 되어 길을 갑니다.

돌탑 / 유영서

앞서간 이가
올려놓고 간 돌무더기

지나칠까 하다가
나도 따라 올려봅니다

소원도 다르기에
돌 모양도 다릅니다

앞서간 이의 마음도
내 마음도

한층 한층 쌓여
소원 탑이 되었습니다

연분홍 손수건 / 유영서

이른 아침
산책길

하도 곱길래
너에게로 가
셔터기 누르는데

내 마음 아시는지요

갑자기
툭
꽃잎이 진다

내 생애
저런 마음
받아본 적 있을는지요

종소리 / 유영서

꽃들도
가끔은 종을 치나 봐

기다리다 지쳐서
종을 치나 봐

마음으로 들으니
저리도 아름다운걸

설렘 반
행복 반

너의 바라기는
나라는 사실

코스모스 / 유영서

너를 보니
가을
저만치 왔다

아직은요 하며
간간이 물기 머금은
높새바람 분다

수줍어
부끄럼 타는 너의 모습이
가을 추억 속에
그녀를 닮았다

심심해서
강아지풀이나 꺾어
얼굴 간지럽히는 오후

문득
연분홍 붉은 잎이
하늘을 차고 오른다.

이리 살고 싶습니다 / 유영서

비가 내린 아침은
언제나 투명하다

잎새 위에
또르르 구르는 물방울

잘 닦인 잎새처럼
하루를 살고 싶다

일 년
삼백육십오 일에
반이 지나가고 있다

교차한 하늘처럼
쓰고 있던 우산을
공손하게 접는다

제목 : 이리 살고 싶습니다
시낭송 : 박영애
스마트폰으로 QR 코드를 스캔하면
시낭송을 감상할 수 있습니다

시인 이도연

글 꽃바람, 글 속에 글을 찾아서 외 4편

대한문학세계 시, 소설 부문 신인문학상 수상(2017년 9월, 2020 1월, 등단)
(사)창작문학예술인협의회 회원
대한문인협회 인천지회 정회원
인천광역시 객원기자
인천 재능대학교 특임교수, 일학습병행 사외 위원 역임
방송통신대학교 국어국문학사

〈수상〉 대한문학세계 시, 소설부문 수상 다수
〈저서〉 〈시선 따라 떠나는 사계〉(에세이)
　　1권 〈시와 깨달음〉, 2권 〈겨울로 가는 숲〉
　　한비문학 에세이 연재, 이치저널 연재
〈공저〉 동인지 〈글꽃바람 제1집〉(2019) 및 어울림 외

〈시작 노트〉
밀고 당기는 것
현의 중심점은 진동으로 소리를 부르는 고통으로 힘의 일탈은 균형의 부조화이며 파열을 일으키는 현의 종말은 분리와 단절의 결과이다
살아 있는 모든 원리는 생성과 소멸의 중심점에서 일어나는 노동의 과정이며 시작과 끝 속에 존재하는 인식표 같은 것
부재한 것들의 부재를 인식한다는 것
부재로 소멸해가는 진행형의 삶을 살아가는 여정 앞에 인생이라는 이름표를 붙인다

글 꽃바람, 글 속에 글을 찾아서 / 이도연

첫 글자를 쓰려는 순간 설렘과 떨림 속에 한 획이 골목길
을 돌아 길고 긴 거리의 이정표를 세워 시작점을 알린다
단어와 단어를 이어 달리는 기차가 산과 들을 지나 강가를
지나는 계절의 하늘은 싱그러움으로 가득하다

줄이 바뀌는 순간의 단어를 지나는 문장은 또 다른 이야기
를 만들어 내는 비밀의 문과 같아서 열리고 닫히기를 반
복하며 줄을 잇는다
가끔은 알 수 없는 공란 속의 문장들은 무엇을 의미하는
낱말로 채울까 의식을 거행하는 비밀의 공터이며 장소다

문장 부호가 가지고 있는 짧은 느낌 긴 여운이 다음에 들
어오는 수식어를 반기고
공란을 채우려는 갈증과 궁금증 사이에서 팽팽한 긴장감
이 감돌다 미처 띄어 쓰지 못한 문장이 급하게 줄을 이어
달려 나온다
단어와 단어 사이 휴지 공간에서 무언의 느낌과 감정이 담
쟁이처럼 오르거나 내려간다

옹기종기 모여드는 동사와 형용사는 아름다운 언어로 나
이테를 그리고 나무와 숲의 이야기가 폭포처럼 힘차게 쏟
아져 계곡을 흘러내린다

한 면을 꽉 채운 포만감으로 한 장을 넘기는 순간
새로운 이야기의 장을 여는 숭고한 의식에는 책 바람 글
꽃바람이 불어온다
장과 장 사이에 길고 긴 서사를 마침 하는 종결어미 끝자
락에는 선명하고 또렷한 방점을 찍는다.

서사적 언어의 유희는 막을 내리고 언어의 산맥을 내려오
며 대장정을 마무리하는 안도의 쉼표를 찍는다.

북항 사거리 가는 길 / 이도연

가좌 공단 방향 연마 전문 시공 삼영공업사 울타리 구호가 목소리를 높인다
해보셨습니까 끝까지 해보고 말하라고

레이저 용접기 전동공구 판매
구청에 위임받은 환경 물차는 길에 돈을 뿌리고 물은 검은 도로를 적신다
아침 햇살에 건조한 도로를 달리는 버스가 반짝반짝 윤이 난다

안전용품 건축자재 동구청 가는 길
도로가 공원의 나무는 유월의 싱그러움으로 북항에서 날아온 매연을 꿀꺽꿀꺽 삼키고 있다

레미콘 싸게 사실 분 현장 납품 전문 간판 아래 벚나무 열매가 발에 밟혀 터지고 뭉개져 도로는 온통 검은 피부병을 앓고 사람은 피해 걷기 바쁘다
공장 울타리 측백나무 열매가 툭툭 불거져 탐스럽게 열렸지만 관심 갖는 사람은 아무도 없다

밀고 들어오는 차를 향해 신경질적으로 경적을 울리는 차들의 아우성
덩치 큰 화물차가 굉음을 울리며 시간을 다투어 레이스를 벌인다
길 건너 공원의 메타세쿼이아는 큰 키로 목을 빼고 북항 너머 바다를 바라보며 딴청을 한다

식자재 납품 전문 식당 삼천리 레미콘 앞 주정차 금지구역 이정표는 엑스표로 말을 걸어온다
목이 말라 기침하는 도로 위로 근조 화환을 실은 트럭이 누군가의 죽음을 포장하기 위해 죽기 살기로 엑스표를 넘는다

그래도 그날 꽃은 피었다
중봉대로 198번지 북항 사거리 아름다운 꽃이여 접시꽃 당신이라 했던가
화단에는 다홍색 접시꽃이 눈물겹도록 아름다운 모습으로 흐드러지게 피었다.

장마라고 했다 / 이도연

비가 왔다
장마라고 했다
시간이 저당 잡힌 사람들이 그곳에 있었다
비는 계속 오고

술 취한 사람이 빗속으로 떠나가고
또 다른 사람을 기다린다
비는 계속 내리고 장마라고 했다
음악은 아날로그로 흐르며 추억을 소환하고

널 그리는 음악이 시간 속에 어둠을 가르고 있다
비는 내리고 나는 빗속에서 음악을 듣는다
시간은 자정으로 향하고 장마라고 했다

별이 지고 비구름이 밀려오는 밤에
비에 젖은 사람들은 저마다의 사연으로 비에 젖는다
창가에 기대여 가로등을 적시는 비는 파스텔 톤의 풍경 속
으로 저물어가는 시간 장마라고 했다

기다리는 그리움의 단어를 창 넘어 깊어 가는 풍경 속에
보이지 않는 여인을 기다린다
장마라고 했다

그날 밤새 비는 내리고 술에 취해 간간이 흐르는 음악은
밤새 비에 젖어도 떠나간 사람을 그리워하기 참 좋은 날
이다
장마라고 했다.

찔레꽃 연정 / 이도연

임 소식 전하는 바람이 잠든 날에
샐쭉한 입술 내밀고
잔가시를 곧추세워 심술을 부리더니

바람아 바람아
오마하고 떠나가신 그리운 임
바다 건너 떠나가신 내 어여쁜 내임이여

바닷가 단애에 밀려오는 파도만 바라보다
창백한 얼굴로 야위어가던 심장
파르라니 떨리던 슬픔이 이슬 되어 구르던 아침

투명하고 맑은 얼굴 피고 지고
빗물 되기 전에
그리운 임 돌아와야 어여삐 보일 텐데

길어지는 목 위로
꽃송이 피우고 임 부르는 고운 향기
바다 건너 안부를 전한다

밝은 햇살 가득한 해풍에 실려 온 임에 소식 품었나
발그레 물든 홍조의 수줍음 가득한 꽃 입술
몽롱한 향기에 취해 눈을 감는다.

고독한 영혼의 순례자 / 이도연

한 번의 계절이 지날 때마다 편두통에 시달리거나 심한 치통 같은 가슴앓이를 한다
고통이 없는 안락은 행복한 것인가

봄에 피어나는 꽃을 보고 여름을 기다리기도 하며 겨울 찬바람 맞으며 가을을 추억했던 순간들
일상은 무성영화의 화면처럼 흘러갔고 필름이 끊어져 어둠이 고일 때면 불량하게 휘파람을 불었다

어둠이 밀려가는 시간과 한파가 온다는 일기 예보를 들을 때에도 상처 없는 나무가 되게 해 달라 기도했던 나날이 아련한 날개가 되어 꺾여져 내린다

낮이면 밤하늘의 꿈을 꾼다
초록으로 피어나는 여름 야상곡은 밤이 되어야 제격이지
한낮의 태양이 점점 뜨겁게 달구어지는 계절을 노래하던 밤의 꿈 이야기
그 싱그러움 앞에 취하고 한때 뜨겁게 품었던 사랑의 열병이 계절풍처럼 불어오던 시절의 아리아를 연주한다

여린 피아니시모를 따라가다 데크레센도 크레센도를 지나 포르테로 넘어가는 순간 전율에 떨며 눈을 감는 순간에는 밤하늘에 별똥이 푸른 꼬리를 흔들며
지나고 있었다

순한 플루트의 선율로 뛰어든 개구쟁이 타악기의 리듬이 제멋대로 뛰어다니고 물고기는 파란 하늘을 날아갔고 파도가 치면 새들은 깊은 바다로 잠수했다
또 하나의 삶은 저 하나 계절을 지나며 수 없는 사연을 기억하며 길을 나선다

하루가 쌓여가는 시간의 잔재를 만지작거리며
부칠 수 없는 수화물을 수레 가득 싣고 지나는 고독한 순례자의 힘겨운 순교는 성스럽고 영혼의 바다는 끝이 없다.

시인 이명순

그 길에서 외 4편

시인 , 수필가, 작사가
대한문학세계 시 부문 신인문학상 수상(2017년 12월, 등단)
(사)창작문학예술인협의회 회원
대한문인협회 인천지회 정회원

〈수상〉
제물포예술제 주부백일장 장원, 전국 고전읽기 백일장 문화체육부장관상
윤동주탄생100주년 기념 문학상 공모전 작품상, 타고르 문학상 최우수상
윤동주탄생105주년 기념 문학상 우수상, 한국문학작가대상
다시, 첫걸음 시집 작품상

〈저서〉 시집 〈다시, 첫걸음〉
〈공저〉 동인지 〈글꽃바람 제1집〉(2019),
동인지 〈시를 꿈꾸다〉 그 외 다수 문학지 참여

〈시작 노트〉
늘 꿈을 꾸고 산다. 산다는 건 하루를 행복하게 보내면
다시 또 내일이 행복으로 다가올 수 있으니 늘 기쁨으로 맞이하리라.
길을 걷다가 숲에 이르러 자연이 주는 선물에 감동하면서
나 자신을 돌아보고 습작을 한다.
따스한 온기를 머금은 한 편의 시가 타인을 위로하는
치유의 시가 되기를 소망하면서 정화된 마음을 갖기를 열망합니다.

그 길에서 / 이명순

산모롱이 휘도는 바람을 안고

운무에 갇혀 옛일을 기억하는

거기,

그곳에 피 흘린 영혼

잠 못 들던 나무 한 그루

미시령 고갯길에서

나는 누구인가,

그림자처럼 타다 남은 잿더미를 뒤집어쓰고

세월을 먹고 있다

벼락 치던 그 밤,

생애 마지막 절규하던 몸짓들

운무에 걸린 나부끼던 옷자락

겨울지나 봄이 오던 그 길목들

가파른 능선에 퇴적된 세월

굽이지는 길섶에 날리는 씨방이

속살을 더듬거리며 천 길을 간다

마음 잃은 너이거나

길을 잃은 나이거나

흐르는 구름 따라간다.

서랍을 열다 / 이명순

시간의 무늬는 파랑이었다
코끼리 등짝 같던 어깨에 넉 섬을 지고
이순의 하루
가을 바다 물이랑이 너울거릴 때
태평양을 건너온 아름드리 원목에
떠밀린
아직 코뚜레 벗지 못한 황소 한 마리
울음을 멈췄다
앞서가던 발걸음 무거운 아비는
천 길 낭떠러지로 떨어져서 말이 없었다
향불 번지는 영안실에서
소주잔에 술만 넘치도록 부었는데
혼은 날아가고 껍데기만 앉았다
아마도 자식 명줄 재촉한 자신이 미웠으리라
흔들거리는 걸음으로
딱, 십 년이었다
어느 하루 무릉도원에 있는 아들을 봤다며
흡족한 미소를 지으시더니
오래지 않아 소풍을 떠나셨었다
그리고, 또
십 년은 멍 풀린 파랑이었다.

제목 : 서랍을 열다
시낭송 : 최명자
스마트폰으로 QR 코드를 스캔하면
시낭송을 감상할 수 있습니다

생의 절정에서 / 이명순

뿌리를 박고 서서 피우다, 피우다가
초록을 지나면
오르고 오르던 그 길목 어디쯤인가
타오르는 불길 가득한 생의 언저리
신기루가 되어 절정을 노래한다
바람으로, 그 바람으로 흔들리는
목젖이 수액을 마시며
비워내는 내생에 마지막
꽃이었다가
숲이었다가
새의 둥지였다가
갈바람에 옷을 벗는다
절정을 기다리다가
생의 한나절
바람으로 날아오르는 그 날이 오면
땅 위에 스미는 절정이,
절정을 버린다.

제목 : 생의 절정에서
시낭송 : 박영애
스마트폰으로 QR 코드를 스캔하면
시낭송을 감상할 수 있습니다

망각의 선을 그리다 / 이명순

물그림자 짙게 드리운 기슭에
첨벙거리는 낡은 발걸음
젊은 길 위에 버려진 짚더미
가라앉은 시절이 되돌아온다
푸른 물결처럼 출렁이던 청춘
낱가리 쌓아 올린 시간들이
스러져가는 저녁노을처럼
지워져 간다
붉은 심장을 내려놓고
어둠으로 치닫는 시간의 바다
침묵으로 잠드는 망각의 곡선
떠오르다 침몰하는 닻이다
아련히 스러져간 노을과
용광로처럼 불타오르던 불혹을
뒷짐 지고 떠나보낸 오후

별이 빛나는 밤 / 이명순

처마 끝에 달빛이 내려와
중정에 머무르던 그 밤
우리의 영혼을 맑게 걸러주던
시간이 흐르고
하나둘 거듭나던 숨의 정적
뜨거운 불을 가슴에 담았다
낯선 마음들이 시낭송으로 하나가 된
우주의 찰나, 방점이었다
어디서 우리가 이 작은 공간으로
블랙홀처럼 빨려 들어왔을까
우주를 떠돌던 인연의 시간이
멈춰선 시공간이었음을
우리는 취하고 있었다
첫눈 내린 저녁, 서촌의
별이 빛나던 밤에

시인 이상황

자유 외 4편

대우그룹근무, 대우중공업(주), 대우자동차(주)
대한문학세계 시 부문 신인문학상 수상(2016년 9월, 등단)
(사)창작문학예술인협의회 회원
대한문인협회 인천지회 정회원

〈수상〉
한국문학 올해의 시인상(2017)

〈저서〉 개인시집 〈삼국지 장편서사시〉, 〈난중일기 영웅서사시〉, 〈참회〉
장편소설 〈황금들녘에 펼쳐진 혈〉1권, 2권

〈시작 노트〉
서론 시작은 한 자 한 자 뜻을 모아 끄집어내는 집합 결산이다.
성체를 이룬 몸체는 표현 내보내는 신호이다.
함축된 언어는 독자들에게 상상은 여러 각도로 진실이 담긴 독자들에게 삶의 위로가 되는 시어의 구절마다 느낌으로 희망의 끈을 잡아주는 복잡하게 얽힌 문제를 풀어줄 수가 있는 의욕을 유지해 언어의 지각을 발견하여 편안하게 숨 쉬는 자리매김입니다.

자유 / 이상황

흔들어대는 초침 살아있는 비파
암흑 속에 어두운 그림자
홀로선 앉은 자리
지친 마음 달래며 떠난 자리
행복은 그늘 안에서 벗어난
뜨거운 기운

꽁꽁 얼어붙은 닫힌 마음
초침을 꺾어버린 멈춰진 시간 공간
근심 걱정은 쓰레기통 속으로
잠자고 있을 때

멋진 풍광을 그리며
자유를 갈망하며 흥겨운 잔치 가락을 품은
생기 돋는 거울 속에 비친 내 모습

제목 : 자유
시낭송 : 박영애
스마트폰으로 QR 코드를 스캔하면
시낭송을 감상할 수 있습니다

저물어가는 / 이상황

눈부셔 넋이 나간
행복을 일구어낸
세상살이 환한 빛
온기 받아낸

끝물 탄 막차는
끌어당긴 소멸시간
탁탁 털어버린
밑이 빠진 구멍

막막한 광야는 움츠리며
흩어진 세상 녹이 슨
생명 줄은 꺼져버린 불씨
암흑세상 펼쳐 보이며
불안전한 숨소리는
자연 품으로 동행길
외롭지 않네.

제목 : 저물어가는
시낭송 : 최명자
스마트폰으로 QR 코드를 스캔하면
시낭송을 감상할 수 있습니다

사라진 슬픔 / 이상황

아귀의 숲 갈라진 사잇길
흘러내린 슬픔

찢어진 배합
파여진 깊이만큼 가슴앓이
뻥 뚫린 사잇길

맞닥뜨린 눈물 애써 참고 난 뒤
너를 미워하며 바짝 메말라버린
아귀의 숲

모진 풍파 겪고 난 사잇길
바람에 휩쓸려 사라진 눈물
환한 미소가 반기고 있다

제목 : 사라진 슬픔
시낭송 : 박영애
스마트폰으로 QR 코드를 스캔하면
시낭송을 감상할 수 있습니다

희망 바람 / 이상황

뒤바람 남긴 흔적
뒤숭숭한 마음 자락
유혹의 손길을 뿌리치며
해가 바뀌어도 불어오는
뒤엉켜도 얼싸안으며
휘날리는 바람

축 처진 어깨를 맴돌며
곰곰이 생각에 잠겨보며
바로 세워주는 바람은
귓속말로 소곤소곤
간지럼 태우기 놀이하며
삶의 희망과 용기를
불어 넣어주는
정답게 이야기꽃을
피웁니다

제목 : 희망 바람
시낭송 : 최명자
스마트폰으로 QR 코드를 스캔하면
시낭송을 감상할 수 있습니다

웃음보 씨앗 / 이상황

명암 넣는 선 넘나드는

털털한 웃음보 봇물 터져 나온

동구 밖으로 가는 세상

오늘이 있기에 각인된 기억된 언어

깨끗하게 순화된

전환기 영혼 불멸

맑은 새파란 눈망울

보이는 세상으로 다가와

눈짓은 자유를 열망 짓는

갈망하며 갈아탄

전환기

고통은 저 멀리 피파에 묻혀

소리 없이 사멸된 명암에선

웃음꽃으로 진화된

온 세상에 뿌려놓은

웃음보 씨앗

제목 : 웃음보 씨앗
시낭송 : 최명자
스마트폰으로 QR 코드를 스캔하면
시낭송을 감상할 수 있습니다

시인 이성구

붓꽃 외 4편

시인, 수필가, 인천 거주
대한문학세계 시 부문 신인문학상 수상(2019년 2월, 등단)
(사)창작문학예술인협의회 회원
대한문인협회 인천지회 정회원
종합문예 유성 협회 정회원, 종합문예 유성 인천지회 정회원
(현) 종합문예 유성 기획 국장
한국 신춘문예 정회원, 동양문학 정회원, 한국 연예예술인 총연합회 정회원
동양문학 문학신문사 인천지회장

〈수상〉
삼일절 100주년 기념 도전한국인 문화예술 지도자 대상
2020년 9월 윤동주 별 문학상 특별상, 종합문예 유성 대한민국 문화예술 공헌대상

〈공저〉
동인지 〈글꽃바람 제1집〉(2019), 종합문예 유성 문예지 창간호 출간 참여
한국 신춘문예 겨울호, 동양문학 창간호, 가야문학 제13집 초대 시 게재

〈시작 노트〉
많이 쓰지 말자. 얼마쯤은 남겨두고 써야 또 쓸 수가 있는 이유가 되어주기도 하잖아.
감미로운 고운 시어 하나는 남겨두어야 소소한 즐거움과 기쁨이 돼.
오늘도 창밖을 바라보며 시를 쓰는 게 마음에서 행복은 시작된다.

붓꽃 / 이성구

살포시 미소 짓는
해맑은 각시붓꽃
문수산 오르다 가파른
능선에 보랏빛이 도는
키 작은 아기 붓꽃

낙엽 사이로 비집고
틈새를 메우며 앙증스레
한 무더기 피어있네
수줍은 각시들이 옹기종기
모여앉아 재잘재잘

따사로운 봄 햇살
듬뿍 받고 고운
모습으로 반기네
눈을 맞추고 두고 온
발걸음 아쉬움에 묻어
보고픈 모습 폰카에
담아본다

군자란 / 이성구

꽃대에 매달려 뒤척이는 꽃잎
이별 준비하며
떠나가네 사라지네

목숨을 다하고 스스로
무너지네

고개 숙여 툭 툭 떨어지는 꽃잎
허전한 마음
찬란한 아픔으로 속절없이 지고 있네

서러워 마라
꽃이 피면
질 줄도 알아야지

슬퍼 마라
때가 되어 지는 것은 아름답다

25년 함께한 군자란

제목 : 군자란
시낭송 : 최명자
스마트폰으로 QR 코드를 스캔하면
시낭송을 감상할 수 있습니다

선풍기 / 이성구

한 걸음 한 걸음 달려와
나의 육신을 점령한다

등줄기 타고 흐르는 땀방울

머리부터 발끝까지
신기하게 돌아가는 너의 바람

목덜미에 마르지 않는 땀방울
쉴 새 없이 흐른다

게으름 피우지 않고
부지런하게도 나를 반겨주는 바람

땀방울이 자취를 감춘다
세차게 불어오는 바람

유월은 / 이성구

산뜻하고 투명한
푸른 잎 사이로
바람이 속삭이는 유월의 햇살

이제,
잎새도 더욱 무성하게 출렁이는 녹음
담장에 걸터앉은 줄장미가
발걸음을 멈추게 하고
봄을 잃어버린 아쉬운 유월

밀려오는 그리움
노을도, 별도 사라져
칠흑처럼 어두운 밤하늘
뚝방길따라 혼자 서성인다.

제목 : 유월은
시낭송 : 박영애
스마트폰으로 QR 코드를 스캔하면
시낭송을 감상할 수 있습니다

칠월 / 이성구

새소리가 달려와
창문을 두드립니다

햇살과 구름도 달려와
칠월을 떠밀며
지나가던 바람이 조심스레
새달을 재촉합니다

참새들의 수다 소리
더위도 지쳐
잠시 숨 고르기를 합니다

시인 임수현

바람의 이야기 외 4편

경기도 안성 출생, 강화도 거주
대한문학세계 시 부문 신인문학상 수상(2018년 2월, 등단)
(사)창작문학예술인협의회 회원
대한문인협회 인천지회 정회원
한국시인협회 회원
경희사이버대 미디어문예창작학과 재학 중

〈저서〉 시집 〈너는 내 봄이다〉 출간
〈공저〉 동인지 〈글꽃바람 제1집〉(2019)
〈경인문예 13집〉, 〈푸르게 공중을 흔들어 보였네〉 등 다수

〈시작 노트〉
지난 가난은 달빛에 낭만이 가득했으므로 아름답다 추억하는데
현실의 불볕은 화상주의보를 발령하고 만다.

입추가 지나가는 길목에서 얼굴을 매만지는 땀방울을 기억하며...

바람의 이야기 / 임수현

그날 서둘러 살림살이 챙겨
피난치 듯 도망 나와야 했던 장구너머항
혼자서는 할 수 없는 일이었다며
낚싯대 두 개
의자 두 개
고기 담는 통, 갯지렁이 챙겨 들고
아슬아슬한 선착장에 모인 사람들 틈으로 들어갔지

손가락만 한 망둥이 잡아 올리면 환호성은 고래 소리였고
나갔던 물이 갯벌 바닥을 밀고 들어오기 시작할 때
바닷물은 검붉게 출렁거렸지

살림살이는 선착장 높은 언덕을 굴렀고
서 있던 낚시꾼 고기를 당겨야 할
낚싯줄에 바람을 감아 허공에 휘두르며
바람 대신 나를 원망했지

지금 외포리 방파제에서 그 바람을 다시 만났지
거칠게 오장육부를 흔들며 달려오는 바람은
무복을 차려입고 가무와 실연을 제의하듯 흔들거리고
남색 니트 원피스 구멍 사이로 전설을 말하지

날아다니는 낚싯바늘에 나를 향한 원망
매달고 그 바람은 이미 먼 길 떠났으며
오늘은 결코 다른 날이라는 얘기

비스듬히 서서 펄럭이는 파라솔 아래 앉아
한쪽 무릎을 덮은 햇살의 따사로움이
목화솜같이 포근하다고 귀엣말로 화답했지!

to 엄마 / 임수현

선달 초나흘
맑은 식혜엔 저절로 얼음 동동
당신 생일상 손수 음식 준비하시며
동동거리던 엄마의 발소리가 들립니다.

곁을 떠나신 날이 벌써 삼십칠 년
올해 아흔아홉 번째 생신을 기억하지요

엄마의 작은 심장이 멈추던 날
난 어떻게 사느냐고 울부짖던 막내딸은
지금도 가슴에 엄마 추를 달고 삽니다.

몸살이라도 있는 밤이면
미소 띤 얼굴로 아무 말 없이
된장국 건네시고
꿈속에 마신 된장국은 약이 되어
맑은 아침을 맞아 그 맛을 더듬거립니다.

아흔아홉 살 엄마를 내 등에 업고 싶은
소소한 바람은
육십 나이에 응석 부리는
막내딸 투정이겠지요?

나 살아가는 동안
그 춥던 겨울 엄마의 생신을
잊을 수 없지요.

오늘도 몹시 춥군요
선달의 추위는 유난히 가슴이 시린데
이렇게 추운 날에도 엄마의 추는
제 가슴에서 조용히 흔들리고 있답니다.

된장 항아리 / 임수현

봄에는 수선화 화관 쓰고,
여름에는 키 큰 패랭이 목도리 두르고,
가을엔 빨간 고추 치마 치켜들고

구린내 나는 속내 꽁꽁 덮은 채,
뭇 여인의 한을 끌어안은 너는
지난 생을 묻어버린 흙에서 태어났겠지?

그러니 내 속이나 네 속이나
부글부글 끓고, 삭고
진간장, 애간장 모조리 익혀 내고 나면
향기도 소리도 없이 사라질 운명인데

아래로 엉덩이 밑에 풀 죽은 잔디 한 평
위로는 풋 가을 흠씬 담은 둥근 하늘
햇살에 곰삭은 노랑 국화 닮은
된장 꽃 한 다발 피워 보면 어떨까?

빈방 / 임수현

그 옛날 그 분의 그 분이 숨 쉬는
흙으로 벽을 바른 집 길가에 꽂힌
이 잡는 벼룩시장 곱게 펴서 바른 초배지 위에
목단일까 장미일까 커다란 꽃잎을 겹치어 바르고

동쪽을 향한 격자무늬 창에
프랑스 자수가 엉클어진 커튼 내리고
지나간 계절 서리 국화 향기 허공을 지날 때
갓 볶아낸 콜롬비아 게이샤 향이 아침을 열었지

영혼을 담은 바람이 돌아나간 흔적 남은 채
살래살래 흔드는 인사도 사라지고
차갑게 식어버린 부스러기 별들이 쏟아지니
색 바랜 꽃잎들 하나 둘 툭툭 떨어지는데

고요하게 침체된 생각은 삭아버린 사체처럼
흐느적거림만 한 가닥 바닥에 늘어졌을 뿐
지금도 퇴색 중인 꽃무늬 벽지에
빨간 립스틱 흔적을 남기는 버릇이 생겼지

언제나 마음은 하나라고 썼던 편지는
흙벽에 부딪혀 먼지만 가득히 쏟아지는데.

풋 마늘 / 임수현

김포 발끝에 걸쳐 강화를 바라보는
대명포구 비린내 덧칠한 바람 앉은 자리
옷고름 풀어 헤친 몸 뉘고
옷 벗긴 삯은 진흙 털어낸 장화가
물 건너온 명품인지라 품 삯도 비싸지요

날이 깨진 호미 옆에
마디마디 굽어버린 손가락
타다 꺼진 나무 재처럼
전신을 웅크린 채
엉겨 붙은 뿌리를 찢는데
요염하게 옷 벗은 나
시집을 꼭 보내리라 결심한 할머니
"강화 선원면에 사는데 거기서 정성껏 농사지어서 뽑아온 거야
몸에 얼마나 좋다고"
쪼글쪼글한 검은 봉지에 주섬주섬 담는다.

옆에 놓인 자루 속에는
"우리 농산물 제주시"라는 빨간 허리띠를 두르고 있는데
강화도에서 왔든
제주도에서 왔든
우리 농산물은 다 같은 고향
저무는 해에 몰아치는 찬바람
나의 고향 바꾸는 이유가 되었을까

고향으로 돌아오는 길
섬 쌀이 맛있다는 전광판 큰 빛 따라
강화도 들어가는 초지대교를 성큼 건너간다.

시인 임승훈

친구 외 4편

대한문학세계 시 부문 신인문학상 수상(2017년 3월, 등단)
(사)창작문학예술인협의회 회원
대한문인협회 인천지회 정회원
문학어울림 회원

〈공저〉 동인지 〈글꽃바람 제1집〉(2019)

친구 / 임승훈

친구야
나는 네가 행복하도록 기도를 했어

산다는 게 녹녹치 않지만
네가 자유롭기를 늘 아쉬웠지

살면서 너의 자신 있는
모습을 볼 때
잠시라도 답답한 가슴이 트이는 것 같았어

그래도 나는 행운이야
날 잊지 않고 찾아줘서 고마워

널 보면 내 가슴에 응어리가
위로받을 거라고 생각해.

슬프다고 말할 때 / 임승훈

슬픔보다
더 아픈 것이 있어서
눈을 감고 하늘을 바라보는 것이다

슬픔은 여리고 약해서
툭하면 눈물을 흘린다

슬픔은 위로받기 위해 태어나는 것이고
정말 아파서 우는 것은
외로움뿐이다

슬픔보다 아픈 것은
홀로 되는 두려움 때문에
말보다는 눈물로 대신하는 것이다

슬픔은 새처럼 이곳저곳을 날아다니다
눈물을 나누는 것이고
고독은 오직 혼자의 몫이다.

환송 / 임승훈

그대 떠나는 자리에
할 말이 없다고 했지만

그대에게 알알이 적은
쪽지는 이별의 촛불 앞에
당신과 나의 마지막 약속이었습니다

가는 당신이야
으깨지는 마음은 영혼을 두고 가는
서리서리 마지막 인내였지만

묵묵히 바라보는
그 눈길이 무엇을 당부하고
미안해하는지 굳이 말로 해야
알아들을 일은 아니었습니다

반평생을 훨씬 넘긴
우리의 보금자리를 떠나는 날
서로 다른 갈림길에서

다시 만날 사랑 하나를 바라보며
파리한 입술 위에 믿음을 부여잡고
끄덕이는 당신을 돌아서서

끝내 서러움조차 보이지 못하고
아무렇지 않은 일상처럼
그렇게 당신을 보내야 했습니다

그때는 그때는
부디 그곳에서
환한 웃음으로 날 맞아주구려.

제목 : 환송
시낭송 : 박영애
스마트폰으로 QR 코드를 스캔하면
시낭송을 감상할 수 있습니다

고백 / 임승훈

나는 세상을
살아오면서
단 한 번도 진실하지 못했다

아침에 태양을 보는
눈부심에도
감사할 줄 몰랐고

저녁놀 석양이 지는
쉼 앞에서도
오욕의 찌꺼기를 버리지 못했다

나에게
할당된 시간 앞에
끝없는 이해는 충돌에 부딪혔고

치유해야 할
용서의 부재는
적막함에 더 익숙해져야 했다

이 밤도
한 끼의 양식에 충족한 동물처럼
후미진 계속에서 쓰러지는 것이다.

함께 피는 꽃 / 임승훈

양지에 자리 잡은
키 큰 코스모스
그곳이 하필 바람 골이라니

구월에 온다더니 줄기를 세우고
너울너울 잎을 달더니
바람 잘 날 없으매 꽃망울을 실었구나

수줍은 옛 연인 같아
연분홍 빛이라니
참으로 곱기도 하여라

살아가는 날은
말도 많고 탈도 많은
그 세월을 풍파라고 하더니

넘어지고 쓰러지며
그 흙을 꼭 움켜쥐고
흔들리는 바람에 꽃을 피웠으니.

시인 정인이

은행나무 외 4편

대한문학세계 시 부문 신인문학상 수상(2020년 01월, 등단)
(사)창작문학예술인협의회 회원
대한문인협회 인천지회 정회원

은행나무 / 정인이

암나무 수나무

맞닿을 수 없어

마주 보는 시선

애틋하다

착한 바람이 서신 전해

목하 열애 한다

여기저기 진동하는 향내

그 결실

색으로 물들여

노란 빛깔

황금 알알이

품어 내려놓는구나!

하루 / 정인이

눈을 뜨면

내 머리맡의 선물상자

리본을 풀고
포장을 뜯어보니

시간이라는 물결 옷

오차 없이 흘러내릴
모래시계가 있다

제어할 수 없이
흐름에 펼쳐질

하루라는
파노라마

추신

반송 안 됨

물수제비 / 정인이

흙먼지 털고
손에 꼭 쥔 조약돌
멀리멀리 던지면

첨벙첨벙

어디까지 갈까
코끝에 물방울
개 구진 미소

잔잔한 물결은 일렁이네

총총

저만큼 건너갔네

그림자 / 초록 정인이

발끝에 머무르며
커졌다 줄였다

기쁨도 모르고
슬픔도 모르는
또 하나의 나

외로움도 한몸이라
떼어놓을 수가 없지

손에 잡히기라도 하면
보듬고 쓰다듬어 줄 텐데

너는 엄습해오는 밤처럼
검게 늙고

나는 숱한 날 망각하며
하얗게 늙어가겠지!

소풍 / 정인이

너를 만나러 가는
오늘은 소풍 가는 날
내 배낭엔 기쁨 가득

해맑은 미소 얼굴에 가득
저만치 보이는 네 모습에
꽃잎처럼 내 맘이 벌써
서둘러 가고 있다

널 만나러 가는
오늘은 소풍 가는 날
미소 짓는 꽃잎도 즐거워한다

제목 : 소풍
시낭송 : 최명자
스마트폰으로 QR 코드를 스캔하면
시낭송을 감상할 수 있습니다

시인 정형근

코스모스 향기 외 4편

인천 거주
(사)창작문학예술인협의회 회원
대한문인협회 인천지회 정회원
문학고을 자문위원

〈수상〉
제3회 안정복 문학상 공모전 장려상
대한문인협회 2022년 짧은 詩 짓기 전국 공모전 장려상(2022)

〈저서〉 그리움 하나 있었으면
〈공저〉 정설연 시마이웨이 4집 외 다수

〈시작 노트〉
무언가를
진정 좋아하는 것이
인류를 사랑하는 것보다
어렵다고 한다

사실 그렇다
살아오며
얼마나 수없이
외치며 떠들어 왔는가

맞잡은 나와 너의
아름다운 공간 속에서
너를 더욱더 아껴주고
사랑하는 마음이고 싶다

오늘도
내일도
사랑하는 마음이고 싶다

코스모스 향기 / 정형근

폴폴 먼지 날리는
기찻길 옆 코스모스
오가는 눈길 곱기도 하지

아침이슬 구르다
허리춤 문턱에 핀
아름다운 미소 너를 본다

피어나는 향기에
날아오른 고추잠자리
사랑의 하트 수놓으면

수줍은 소녀가 되었지
널 사랑한다는 말보다
더 간절한 것이 있을까

창가에 앉아
한들한들 춤추는 널 보며
마시는 사랑의 커피

첫사랑 추억은
코스모스 꽃밭에 앉아
눈 감고 뽀뽀하던 기억뿐.

제목 : 코스모스 향기
시낭송 : 박영애
스마트폰으로 QR 코드를 스캔하면
시낭송을 감상할 수 있습니다

단풍꽃 / 정형근

해마다 겨울이 오면
꽃을 피우기 위해
알몸으로 치르는 산고(產苦)
꽃으로 피어나게 하소서

봄꽃이 필 때면
여인의 향기에 취해
나도 꽃이라며
꽃피우길 원했습니다

여름이 찾아오면
폭염에 지친 영혼이
뜨거운 심장을 갈라
사랑별을 만들었지요

아름다운 피날레 꽃
晩秋의 꽃단장 속에
반짝이며 빛나는 홍엽
오묘한 꽃이 피었습니다.

붉은 메밀꽃 / 정형근

천상에서 내려온
연분홍 작은 꽃잎
꽃봉오리 향기 속으로
떼구루루 합창이 열린다

가녀린 허리 붉은 입술
오동통 익어가는 볼살이
성숙한 여인의 향으로
유혹에 눈빛이 뜨거워라

짓궂은 바람 소리
손잡아 달라며
눈빛으로 찡긋찡긋
살며시 웃고 있었던 거야

삐치듯 화내는 건
좋아하는 여인의 엄살인데
몰라주는 낯선 타향
수줍어 얼굴 붉힌 새색시였나

첫 만남 반짝이는 눈빛
붉은 속살로 빚은 메밀꽃
잡은 손 가슴은 콩닥콩닥
분홍빛 입술 훨훨 나빌 레라.

제목 : 붉은 메밀꽃
시낭송 : 최명자
스마트폰으로 QR 코드를 스캔하면
시낭송을 감상할 수 있습니다

편지 / 정형근

우울한 날 걸려온
한 통의 전화처럼
당신은 언제나 좋은 친구

마음 전하는 안부
나를 사랑한 여인으로
문득 그리운 사람이기에

봄날엔 편지를 쓰겠어요
파란 하늘 이야기도
떠가는 구름 이야기도
향기로운 꽃 이야기도

가을에 쓰는 편지는
알록달록 물든 단풍잎
당신의 고운 모습입니다

소복소복 눈 내리면
까맣게 편지를 쓰겠어요
그리운 첫사랑 아네모네.

핑크빛 약속 / 정형근

괜스레 마음 설레는 날
진달래 꽃향기 그윽한 봄날
연분홍 수채화의 귀환을 보면서

텅 빈 은행나무 길을 걷는다
붉은 숨결로 타오르는 태동(胎動)
빛나는 황금빛 구슬을 보았는가

떠나야 할 찰나를 끌어안고
마음 끝에 수놓은 노오란 연서
피안의 길 떠나는 임이시여

남몰래 사모한 아픔의 진실
나의 안부를 사랑한 여인으로
내 마음을 훔친 꽃이 아름답다

먼 훗날 우리 찢긴다 해도
책갈피에 남긴 고귀한 숨결
까맣게 쓴 사랑했다는 글귀,

아련한 추억으로 남을지라도
그립고 생각날 땐 깨우세요
그대 위한 꽃마차 준비할 테니.

제목 : 핑크빛 약속
시낭송 : 박영애
스마트폰으로 QR 코드를 스캔하면
시낭송을 감상할 수 있습니다

시인 주야옥

청년의 별 외 4편

대한문학세계 시, 동화 부문 신인문학상 수상(2016년 08월, 2020년 01월, 등단)
참 소중한 당신 명예 기자 역임, 소년문학 동시 등단
(사)창작문학예술인협의회 회원
대한문인협회 인천지회 사무국장

〈수상〉
대한문인협회 코로나-19 짧은 시 짓기 공모전 대상(2019), 한국문화 예술인 금상(2021)
보령해변시인학교 전국문학공모전 동상, 신춘문학상 공모전 동상
경북예총 〈대한민국 독도 문예대전〉 시부분 특선
대한문인협회 한국문학향토문학상(2018), 인천지회 향토문학상 경연대회 금상(2019)
부천 시가 활짝 공모전 장려, 케이티 수기 공모전 동상
대한문인협회 순우리말 글짓기 전국 공모전 장려상
문학시선작가회 윤동주탄생 106주년 기념 윤동주 문학상 작품상 수상(2022)

〈저서〉 동화 〈꿈꾸는 화원〉
〈공저〉 동인지 〈글꽃바람 제1집〉(2019), 유화로 보는 명인명시선,
조선어연구회 발족 제100주년 기념 〈현대시와 인물 사전〉(2021)
명인명시 특선시인선(2020), 명시 언어로 남다

〈시작 노트〉
내 삶이 로그 아웃되는 날까지 나만의 언어를 클릭한다는 것은 어떤 의미일까?
오늘도 내 삶 속에서 내 언어들이 깜박거린다
난 오늘도 시의 언어인 자음과 모음 자판을 정성스럽게 눌러본다.

청년의 별 / 주야옥

봄맞이 길을 여는 2월은
27세의 문학청년이다

당신에게 손을 내밀어
겨울을 깨워본다
꼭꼭 숨겨진 안타까운 비밀을 간직한 채
별이 된 당신

구름 뒤에 가려진
온갖 음모와 계략이 있는
1945년 2월 16일
호쿠오카 형무소
삐뚫어진 입으로 거짓 역사를 떠드는 무리
조국의 독립을 위해
한글로 시를 쓰며 당신이 마음 둘 곳 없어
하늘에 붙였던 예쁜 시어들

하늘을 본다
맑고 투명한 별 하나가 반짝인다
당신이 못다 한 이야기 들으며
이제야 나는 당신의 별이 되어
무리의 거짓 역사를 밝혀본다

나는 역사책을 편다
역사 주인공과 악수를 청한다
그리고 당신의 별을 껴안아 본다.

잡초 / 주야옥

너를 뽑아내려고

꽃밭에 앉았다

그냥 말았어

가녀린 몸

한들거리는 모습이

어찌나 예쁜지

너한테

푹 빠져버렸어

함께 있어서 이렇게

예쁜데

굳이

쑥부쟁이 혼자만

돋보이게 할 필요 없잖아

제목 : 잡초
시낭송 : 최명자
스마트폰으로 QR 코드를 스캔하면
시낭송을 감상할 수 있습니다

영혼의 방 / 주야옥

너를 처음 만나서
사랑의 감정을 느끼게 된 순간
나의 신경은 온통 너에게로 향했어

숨이 가빠지고
심장이 터질 것 같은 나의 마음은
온종일 너를 향한 설렘으로 가득했어

붙잡아도 매달려도
매몰차게 뿌리치고 떠나버린 너는
나의 영혼까지 가져가 버렸어

그리움을 기다림으로 채울 수 없어
나의 영혼을 찾으러 이곳저곳 방황하다
하늘의 뜻이었을까 우린 다시 만났어

어찌나 기뻤던지
한달음에 달려가 안기려는 나를 밀치려다 말고
네 영혼의 방으로 나를 데려갔어

시간이 얼마나 흘렀는지 몰라
우리 처음 만난 이후로 지금까지 쭉
내 영혼은 너의 심장에 갇혀있었으니까

별밥 / 주야옥

새벽이면
엄마는 우물에 가라앉은
별을 긷지요

막내딸
꿈
한 바지 두레박에 담아와

가마솥에
구워낸 별밥

한 숟가락
입에 물면
엄마 사랑이
내 가슴에 빛나요.

파랑새의 날갯짓 / 주야옥

역사책을 펼친다
1855년 철종
1895년 고종 조선 말기 책 속에
그가 있다

무명옷, 해진 짚신, 상투 틀고
아무 말 없이
눈빛 언어로 역사의 비밀을 이야기한다

한 많은 농민들의 삶을 말해주고
탐관오리 조병갑의 갑질에
저항하는 그의 이야기에 풍덩 빠져본다

녹두 알 같은 눈물이
그의 눈에서 툭 툭 떨어진다

녹두꽃이 핀다
나의 가슴에
너의 가슴에

너의 영혼이 파랑새가 되어
날아오르며
농민들의 봄의 역사를 다시 써 내려간다.

제목 : 파랑새의 날갯짓
시낭송 : 최명자
스마트폰으로 QR 코드를 스캔하면
시낭송을 감상할 수 있습니다

시인 허복희

7월이 오면 외 4편

대한문학세계 시 부문 신인문학상 수상(2018년 04월, 등단)
(사)창작문학예술인협의회 회원
대한문인협회 인천지회 총무차장

〈수상〉
대한문인협회 인천지회 향토문학상 경연대회 동상(2018~2019)

〈공저〉 동인지 〈글꽃바람 제1집〉(2019)

〈시작 노트〉
나에게 시란 평생
기댈 수 있는 친구 같았다. 외롭고 힘들 때도 가슴의 소리를 내뱉고 쓴 글들을 다시 가슴으로 받아들이면서 나를 위로하며 살았다
이제 시를 쓰는 자세를 바꾸고 싶어진다는 나에게 위로가 아니라 언어가 주는 위로를 많은 독자를 위로하는 그런 시를 쓰고 싶어진다.♡

7월이 오면 / 허복희

햇살은 강렬했다
사랑은 뜨거웠다

얼룩무늬 청룡 열차에
바람을 싣고 달리던
그 뜨거웠던 여름의
열정을 기억한다.

연잎은 하늘을 향해
두 손을 벌리고
연꽃은 세상의 모든
인연을 품고 환하게 피웠었다

높은 사다리를 타고 오르면
원두막엔 하늘과 구름이 걸려 있었다

옥수수 하모니카 불고
수박 하모니카를 불면
여름 향기가 퍼져왔었다

7월이 오면
다시 소낙비 내리던
그날의 추억이 그립고
다시
그 소년과 그 소녀가
그리워진다.

모닥불 / 허복희

짜작짜작 자작나무들이
은방울 같은 꿈을 태운다

뜨겁고도 슬픈 삶의 열정을 안으로 속으로 풀어내며
타오를 수밖에 없었다

비가 내리면 까맣게
타버린 몸속으로
숨었지만, 그 작은 불씨 하나 버릴 수 없었던 처절한 몸짓이었다

아낌없이 주었던 나무처럼 살고 싶었던 꿈
다 주고도 주고 싶었던 그런 사랑을 안고

진실하게 살다
사라지는 그날까지
온 힘을 다하게
처절하게 슬픈 불꽃을 피워 내며 사라지고 싶다.

뚜벅이 여행 / 허복희

끝없이 걸었다
한없이 안았다

풍경이 추억을 만들고 그 가벼운
공기 속에 나를
물들이며 걸었다

가장 소중한 것을
배우고 깨닫고
가장 어려운 것을
버리며 다시 담았다

성곽에 내리던 찬란한 햇빛을
어깨 위에 다시
받으러 떠나보리라

먼 기억이 따라오면
내 손을 잡고 걷던
어린 내 아이들이
삶에 지친 나를 일으켜 세웠던
그 길을 찾아서
오늘도 떠나리라

낡은 운동화와
내 그림자만 데리고
떠나던 내 삶은
외로운 뚜벅이 여행이었다.

제목 : 뚜벅이 여행
시낭송 : 박영애
스마트폰으로 QR 코드를 스캔하면
시낭송을 감상할 수 있습니다

시작되는 시간 / 허복희

눈물 한 방울 멈추던
그 시간
그 속에 둥근 세상이 보였다

허물을 벗어 던지고
잉태를 벗겨 버리고
결코 버릴 수 없었던 세상 밖으로
걸어갔다

그 누구도 대신 살아 줄 수 없는
삶 앞에서 그 시간을 깨닫는 시간까지
너무도 긴 고통의 시간이었다

어두운 터널 끝에
한 줄기 빛을 찾아
한 걸음씩 발걸음을 옮겼다

시작이란 어떤 의미일까
끝이라는 시간은
어디쯤일까

마음에서 시작되는
반란이 가슴에서
받아들인 진실

그 시작이 끝이고
그 끝이 다시
시작이라는 것을…….

에미(향나무 사랑) / 허복희

향기롭게 살아라
향나무 같은 사랑을 배우며 무엇을 더 주리
나 너를 위해 아낌없는 나무로 살았는데
내가 너에게 준 사랑만큼
네 자식에게 베풀며 그렇게 살아주렴

아가야!
향나무는 발등이 찍혀도
쓰러지며 향기를 선물하며 간단다

주어도, 주어도 주고 싶은
그 에미의 사랑을 자식에게 주면서 살아주길

오늘도 내일도 먼 훗날도
내가 그리워지면
너의 아가 얼굴에서 나를 찾으렴

거기에 아직도 주고 싶은
내 사랑이 보일 때까지 자식을 사랑해주길…….

제목 : 에미(향나무 사랑)
시낭송 : 박영애
스마트폰으로 QR 코드를 스캔하면
시낭송을 감상할 수 있습니다

시인 홍사윤

짝사랑 외 4편

인천 출생 · 거주
한국방송통신대학 교육과 졸업
대한문학세계 시 부문 신인문학상 수상(2017년 10월, 등단)
(사)창작문학예술인협의회 회원
대한문인협회 인천지회 정회원

〈공저〉 동인지 〈글꽃바람 제1집〉(2019)
　　다향 정원 문학, 우리의 희망을 품으며
　　시 마음으로 읽다(낭송시) 外 다수

〈시작 노트〉
글을 쓰며 나 자신을 달래 본다
아니 나 자신을 돌이켜 본다
무엇을 말하고
무엇을 전하려 하는 詩人인 가를…….

짝사랑 / 홍사윤

훔치지 않았지만
언제부터인가
호주머니에 있기에

손을 넣으면
가슴만 두근거리며
꺼내놓지 못하는
호주머니 속의 사랑

꽃잎이 피고 질 때 / 홍사윤

곱게 피었다
지는 꽃이 어디 있으랴

사랑을 받기 위해
온몸 불태우는
꽃잎의 고통을 아시나요

시들어 떨어진 꽃이라
함부로 밟지 마라
비록 계절의 짧은 생이지만
온몸 바치는 삶이기에

꽃잎 떨어질 때면
슬픈 이별의 아픔을 감추려
눈물의 비가 내린다

꽃잎이 피고 질 때
곱게 피고
지는 꽃이 어디 있으랴

삶을 살아오며
곱게 피었다
지는 인생이 어디 있으랴

사랑합니다 / 홍사윤

달과 별이 잠든
비를 타고 흐르는 밤
당신이 더욱 그립다는 것을
알았습니다

곁에 있을 거라
늘 믿고 살아왔지만
홀로 어둠을 달래고 보니
알았습니다

당신이 곁에 있던
해와 달과 별이었다는 것을

어둠이 밀려오고
가로등도 잠든 거리
허전함을 달래는 그리움에
잠을 들 수가 없군요

홀로 어둠을 헤쳐 보니
알았습니다
사랑하고 있다는 것을…….

흐르는 시간 속에 / 홍사윤

중년이 아름다운 것은
세월의 중후함이
젊음에게 그늘을 내어 줄 수 있는
배려가 있다는 것이며

중년으로 산다는 것은
삶의 무게가
고개 숙일 줄 아는 너그러움의
여유가 있다는 것이다

붉게 물들어 서녘으로
기울어가는 아름다운 노을도,
황혼에 손을 잡고 거니는
노부부의 사랑도

흐르는 시간 속에
살아온 세월의
향기가 있다는 것이며

시간이 흐른다는 것은
익은 벼 이삭이 고개 숙이듯
삶이 깊어 갈수록
사랑이 성숙되어 가는 것이다

마지막 순간까지 / 홍사윤

오늘이
생의 마지막인 것처럼
그대를 사랑하리라

그대와 나
친구처럼 살아온 날들
흰 서리되어
황혼을 바라보지만

물드는 노을은
그대 향한 불타는 순정
마지막 순간까지
사랑하리라

몸은 시들어도
마음은 나비이기에
그대 사랑이 내 가슴에
꽃 피우는 순간까지

우리의 생애
마지막 날인 것처럼
내 사랑이 그대 가슴에
피어나게 하리라

오늘도
생의 마지막인 것처럼

글 향기 바람 타고

대한문인협회 인천지회 동인문집 제2집

2022년 9월 20일 초판 1쇄
2022년 9월 23일 발행
지 은 이 : 유영서 외 24인
가혜자 고연주 김경철 김연식 김정호
김정화 김희영 류향진 민혜숙 박미옥
박치준 신동진 오승한 유영서 이도연
이명순 이상황 이성구 임수현 임승훈
정인이 정형근 주야옥 허복희 홍사윤
엮 은 이 : 유영서
디자인 편집 : 이은희
기 획 : 시사랑음악사랑
연 락 처 : 1899-1341
홈페이지 주소 : www.poemmusic.net
E-Mail : poemarts@hanmail.net

정가 : 12,000원
ISBN : 979-11-6284-392-5